Birgit Hasselbusch

Mein fast genialer Sommer

PINK • Ein Imprint von Oetinger Taschenbuch

Außerdem von Birgit Hasselbusch bei **PINK** erschienen:

Angesagt
Herzbube

Für Linda, die beste Ideengeberin und Gegenleserin von ganz Hamburg!

PINKpressum

PINK • Ein Imprint von Oetinger Taschenbuch

1. Auflage 2015

Originalausgabe

Umschlagmotiv und -gestaltung: Hauptmann & Kompanie Werbeagentur AG, Zürich
Druck: GGP Media GmbH, Pößneck
ISBN 978-3-86430-037-0

MIX
Papier aus verantwortungsvollen Quellen
FSC® C014496
FSC www.fsc.org

www.pinkupyourlife.de

01

JA, WAS DENN NUN? Ja oder Nein? Nie hätte ich gedacht, dass mich die Frage, ob er »Ja« oder »Nein« denkt, schier um den Verstand bringen könnte. Bis neulich glaubte ich noch, dass »Ja« die eindeutige Antwort wäre. Heute hingegen würde ich mich auch mit einem »Jein« zufriedengeben, denn Noah sieht gerade irgendwie mehr nach »Nein« aus. Als ob zwischen uns niemals etwas gewesen wäre.

Achte auf deine Stirnfalte! Ich lese die Nachricht auf dem Zettel, den meine Freundin Sophie mir unauffällig zugeschoben hat, und muss grinsen. Statt die Formeln an der Tafel abzuschreiben, fixiere ich Noahs Rücken, der zwei Reihen vor uns thront. Wahrscheinlich habe ich mal wieder so mürrisch geguckt, dass sich zwischen meinen Augenbrauen eine steile Falte gebildet hat. Sophie ärgert mich manchmal damit, vor allem, wenn ich behaupte, ich hätte ein erstes graues Haar bei ihr entdeckt. Das wäre tatsächlich ein achtes Weltwunder. Eine Vierzehnjährige, deren Haare ergraut sind.

Meine Stirnfalte hingegen macht mir schon Sorgen.

Schließlich möchte ich nicht wie meine Oma enden, die eine Furche so tief wie der Grand Canyon hat. Von ihr habe ich auch meinen Namen geerbt. Luise. So nennen mich meine Eltern und Freunde aber nur, wenn sie wütend auf mich sind. Meistens werde ich Lu gerufen.

»Du süße Lu!«, hatte Noah mir im Kino ins Ohr geflüstert, während die Werbung lief. Danach war mir der Film komplett egal gewesen. Immerhin hatte ich gerade mein eigenes Happy End erlebt. DACHTE ich zumindest.

»Noah und Lu, juppidu«, hatte ich insgeheim gereimt und kam mir etwas albern vor. Ich hatte mich nicht richtig im Griff. Im Grunde habe ich mich selten im Griff. Und nun kann von Zusammensein, wie ich voreilig geschlossen hatte, nicht mehr die Rede sein. Ehrlicherweise muss ich gestehen, dass sonst auch nichts weiter im Kino passiert ist. Kein Kuss oder so. Nicht mal Händchenhalten. Obwohl … einmal hat Noah meine Hand mit seiner gestreift, aber ich befürchte, das lag daran, dass er sich Popcorn aus der Tüte angeln wollte. Für diese unromantische Variante spricht so einiges: Seit unserem Date vor einer Woche behandelt Noah mich wie das, was wir zum Atmen brauchen: wie Luft!

Also wie jede andere in der Klasse auch. Freundlich, aber gleichgültig. Das macht mich wahnsinnig. Nein, natürlich habe ich uns nicht schon zusammen in einem Haus wohnen gesehen. So unrealistisch bin ich nun auch wieder nicht. Selbstverständlich nicht. Ich habe uns gemeinsam vor dem Traualtar gesehen! Ich naives, verklärtes, verknalltes Ding.

Noah sieht die Lage wohl ganz anders. Gestern nicht küssen, dafür morgen dissen!

»Luise, kommst du bitte nach vorne und malst die Nahrungspyramide auf?«

Noch weniger im Griff als mich selbst habe ich allerdings die Naturwissenschaften. Und wer wüsste das besser als Herr Christen? Der Typ ist so verdammt ungechillt. Unser Klassen- und Nawi-Lehrer muss eine sadistische Ader haben. Wie sonst könnte man Gefallen daran finden, unschuldige Mädchen an der Tafel zu foltern?

Was sind die Nähr- und Zusatzstoffe von Lebensmitteln? Soll er doch selber in den Supermarkt gehen und nachschauen! Ich jedenfalls habe nicht vor, auch nur ein einziges Wort zu schreiben. Könnte ich auch gar nicht. Ich habe nämlich einen Blackout.

Sophie macht hektische Zeichen. Sie meint es sicher gut, ihre wilden Armbewegungen bringen mir aber rein gar nichts. Ich starre Noah an. Unser Nawi-As. Ich versuche ihn zu hypnotisieren. Nährstoffe?! Was war das noch gleich?

Vielleicht könnte Noah mir die Lösung simsen, über WhatsApp schicken, zuflüstern, morsen oder per Rauchzeichen zukommen lassen.

Ich schwöre, dass ich nach dem Kinodate nichts gemacht habe, was ihn zum sofortigen Rückzug gezwungen hätte: kein Tattoo mit »Noah forever« auf dem Arm, keine Klingelstreiche bei ihm zu Hause und auch keine nächtlichen Sehnsuchts-SMS.

Und was ist der Lohn? Er starrt mich unbeteiligt an. Und

macht exakt gar nichts, außer von seinem Schokoriegel abzubeißen. Wie egal muss ich ihm sein, wenn ihm in meiner aussichtslosen Lage nur wichtig ist, etwas Süßes zwischen die Zähne zu bekommen?! Süß? Süß!

»Zucker!«, antworte ich etwas zu laut und laufe knallrot an.

»Okay«, sagt Herr Christen, »für den Anfang nicht schlecht. Und was steckt im Zucker?«

Was weiß denn ich? Ich wusste gerade noch nicht einmal, wo ich selber stecke, so abgelenkt bin ich von Noah. Immer, immer wieder denke ich an unseren Abend im Kino und frage mich, was ich nur falsch gemacht habe. Okay, ich habe auch keine Anstalten gemacht, ihn zu berühren. Aber wie auch?

Vor unserer Verabredung habe ich mich ja noch nicht einmal getraut, ihn anzusprechen. Genau genommen war unser Tête-à-Tête im Kino mehr ein Zufall. Es kam nur zustande, weil zwei andere Freunde abgesprungen sind. Trotzdem dachte ich, es würde ihm was bedeuten. Was soll ich nur tun? Wie egal ist mir da wohl, was in Zucker steckt?

»Meine Mutter sagt immer: ›Der Teufel steckt im Zucker!‹«, ruft Sophie und bringt damit die ganze Klasse zum Lachen. Inklusive unseres Lehrers, was äußersten Seltenheitswert hat.

»Ich merke schon, ihr seid reif für die Insel.« Herr Christen seufzt und entlässt mich tatsächlich ohne weitere Tafel-Tortur auf meinen Platz. »Wie gut, dass wir nächste Woche auf Klassenreise fahren!«

02

»KLAPPT DAS JETZT mit Mallorca?«, erkundigt sich Papa, während er seine Kartoffeln in der Soße zerstampft.

»Mallorca?«, fragen Mama und ich wie aus einem Mund. »Wie kommst du denn darauf?«

»Wir fahren doch nicht nach Malle, Papa!«, korrigiere ich ihn und kichere, weil mein Vater oft so zerstreut ist, als wäre er ein alter, grauhaariger Physikprofessor.

Mama seufzt. »Hallo!? Andreas! Ich habe dir doch erzählt, dass es nach Amrum geht. Das ist genau wie neulich, als ich dir gesagt habe, du sollst Müsli mitbringen, und du stattdessen mit Cola nach Hause gekommen bist!«

»Also, ich fand Cola besser als Müsli!«, mische ich mich ein.

»Ja, klar, Luise, verteidige du nur deinen Vater. Ist ja immer das Gleiche. Und am nächsten Morgen ist dann kein Frühstück da.«

Mama hat mich Luise genannt. Das bedeutet Alarmstufe Dunkelrot. Das wissen sowohl Papa als auch ich.

»Nicht aufregen, Betti, bitte«, versucht Papa sie zu beschwichtigen. »Ich kann gerne noch mal losgehen und Müsli besorgen.«

»Das hab ICH doch schon längst getan! Vor drei Tagen!«, schnaubt Mama.

Sie muss wirklich einen schlechten Tag gehabt haben. Vielleicht hat sie aus Versehen ihr weißes Lieblings-T-Shirt zusammen mit der roten Hose gewaschen.

Liebevoll streicht Papa Mama über den Rücken und füllt ihr noch ein paar Kartoffeln auf.

»Nein, bitte keine Kohlenhydrate für mich!« Energisch schiebt sie den Teller von sich.

KOHLENHYDRATE! Das wäre die richtige Antwort gewesen!

»Bikiniblues?«, fragt Papa vorsichtig.

Das Wort hat er mal erfunden, als Mama sich bei Karstadt in eine viel zu kleine Badehose gezwängt hat und beim Blick in den Spiegel fast in Tränen ausgebrochen ist.

Doch Mama geht nicht darauf ein. »Also«, sie wirft ihrem Mann einen strengen Blick zu, »die Kinder fahren nach Amrum.«

Papa grinst. »Was soll's! Mallorca oder Amrum. Hauptsache, Italien!«

Nun muss auch Mama lachen. Sie liebt die Buchstabenakrobatik ihres Mannes. Aus jeder Situation holt er einen Wortwitz heraus. Kein Wunder: Er ist Werbetexter und muss sich ständig gute Slogans einfallen lassen. Klar, dass er ganz viele witzige Sprüche kennt, nicht nur den legendären Fußballer-Fauxpas »Mailand oder Madrid – Hauptsache, Italien«.

»Und freust du dich, Lu? Endlich mal so ganz ohne Erwachsene?«

Ich blicke ihn kauend an. »Ja, schon. Hauptsache, wir sind nicht in Nebel. Das soll eine wahre Rentnerhochburg sein. Nur Greise kriechen da rum. Da würde unser Lehrer ganz gut hinpassen.«

Mama mopst sich mit ihrer Gabel schnell eine halbe Kartoffel von Papas Teller. »Na, na, nun mal halblang. So schlimm wird's schon nicht sein. Ich wäre froh, wenn ich mal rauskönnte. Im Büro ist die Hölle los.«

Papa kratzt sich am Kopf. Er ahnt, was jetzt kommt. Manchmal sagt Mama, dass sie in ihrer Versicherungsfirma einen »grauenhaften Tag« hatte. Bei der Formulierung ist noch alles im grünen Bereich. Wenn sie allerdings jammert, dass die Hölle los war, muss ihr Chef sie mal wieder gepiesackt haben.

»Frau Schneider, wo ist denn bitte die Akte Kramer? Die sollen Sie lesen und nicht die *Gala*«, äfft Mama ihren Boss nach.

Papa und ich schauen sie mitleidig an. »Dein Chef klingt ein bisschen wie Herr Christen!«, versuche ich, sie zu trösten.

»Der würde dir aber nicht sagen, dass du zu alt bist«, seufzt Mama, und ich hoffe, dass sie nicht anfängt zu schluchzen. Stattdessen zitiert sie wieder ihren Chef und seinen ätzenden Tonfall:

»Denken Sie immer daran, Frau Schneider, da draußen gibt's mindestens zehn jüngere Frauen, die Ihren Job liebend gerne machen würden.«

Okay. Eine Bikinihose, die nicht passt, und ein Chef, der einem sagt, dass man allmählich verwelkt – Grund genug für eine Krise.

»Soll ich ihn mir mal vorknöpfen?«, schlägt Papa vor. »Ihn mit einer Akte verprügeln? Dann kommen wir vielleicht in die *Gala*?!«

Mama lehnt sich zurück und lächelt. Endlich. »Nein, der kriegt sich schon wieder ein. Ich würde nur gerne einfach mal eine Auszeit nehmen und ihn in seinen Zettelbergen ersticken lassen.«

Nach dem Essen schaue ich noch etwas fern, dann putze ich mir die Zähne und lege mich mit einem Buch ins Bett. Kaum habe ich es mir richtig gemütlich gemacht, klopft es an meiner Zimmertür.

Mama steckt ihren Kopf herein und lacht mich fröhlich an. Wahrscheinlich will sie sich von ihrem Frust ablenken. »Na, was liest du Spannendes?«, fragt sie und setzt sich zu mir aufs Bett.

Oje, ihr Tonfall lässt ein ernsthaftes Mutter-Tochter-Gespräch befürchten. Ich kenne meine Mutter gut, manchmal besser, als sie sich selbst kennt. Wenn sie abends locker plaudernd in mein Zimmer kommt, dann weiß ich genau: Jetzt wird's ernst! Soll sie doch bitte lieber weiter über ihre Firma lästern.

Eigentlich ist Mama immer offen und direkt, aber manche Dinge kriegt sie einfach nicht über die Lippen. Lieber redet sie stundenlang um den heißen Brei herum und sagt Sätze wie: »Na ja, du weißt schon, was ich meine.«

Das ist vor allem bei einem Thema so: Jungs. Mamas Stimme bekommt dann einen kieksenden Unterton, sodass man glatt meinen könnte, sie stünde kurz vor ihrem ersten Date. Ich tue dann immer ganz ahnungslos, weil es mir wahnsinnig peinlich ist.

»Sag mal, Lu …«, fährt Mama fort, »wie läuft's denn jetzt eigentlich so, also, du weißt schon, was ich meine.«

Ich lege mein Buch zur Seite. »Nö. Was meinst du denn?« Soll sie es doch selber ansprechen, wenn sie was will.

Mama geht zu meinem Stuhl und legt hoch konzentriert ein T-Shirt zusammen. »Mit deinem Klassenkameraden. Wie heißt er noch mal?«

Ich stöhne auf und schnappe mir schnell mein Buch, um meine Mutter nicht anschauen zu müssen. Sonst würde ich ihr Gesicht sehen, das knallrot wie Tomatensuppe ist. Diese megaunangenehme Nummer kann ich noch nicht einmal Sophie erzählen.

»Du weißt doch ganz genau, dass er Noah heißt!« Wer ist hier eigentlich der Erwachsene in der Familie?

»Ach ja, stimmt ja. Noah«, sagt Mama, die schlechteste Schauspielerin der Welt. Sie setzt sich wieder zu mir und fragt betont fröhlich und unbeschwert: »Und, wie läuft's so?«

»Gar nichts läuft!«, gebe ich leicht pampig zurück.

Ich habe Mama unvorsichtigerweise erzählt, dass wir neulich im Kino waren. Hätte ich das doch lieber gelassen. Sie macht sich sofort bei jeder Kleinigkeit Sorgen. In Zukunft werde ich schweigen. Dabei könnte ich ganz gut mal einen Ratschlag gebrauchen. Von jemandem, der sich mit so was auskennt. Doch die Gefahr, dass Mama sofort denkt, ich könne mit Noah nach Neuseeland durchbrennen, ist einfach zu groß.

»Oh, ist Schluss?«, fragt sie.

Täusche ich mich, oder klingt sie erleichtert?

»Mann, Mama.« Ich werde ungehalten, weil sie einfach überhaupt keine Ahnung von nichts hat. »Man kann nur Schluss machen, wenn man vorher mal zusammen war!«, doziere ich gereizt. »Und wir waren nie zusammen. So!« Ich konzentriere mich wieder auf mein Buch und murmele noch: »Und wir werden es wohl auch nie sein.«

Mama streicht mir über die Haare, was sie sich in diesem Moment lieber sparen könnte. Sie soll aus dem Zimmer gehen, ins Wohnzimmer und dort in den Fernseher starren oder sich von mir aus mit Papa streiten. Aber sie soll mich in Ruhe lassen. Ich bemerke nämlich, dass diese nervigen Tränen, die ich einfach nicht unter Kontrolle habe, schon wieder auf dem Vormarsch sind.

»Ich hatte nur gedacht, wegen der Klassenreise. Dass wir mal über so Sachen reden könnten, was ihr da so macht, also, du weißt schon, was ich meine.«

»Nein. Da müssen wir nicht drüber reden. Weil es nichts zu reden oder machen gibt. Ich schlaf jetzt.« Mit einem

Peng klappe ich mein Buch zu und drehe mich zur Seite. Dann halte ich die Luft an. Mama steht langsam auf. Bitte! Geh! Raus!

Stattdessen kommt nun auch noch Papa herein.

»Na, wird hier schon geschlafen?« Er lässt sich aufs Bett plumpsen, genau dorthin, wo Mama schon eine Sitzkuhle hinterlassen hat.

»Sie will nicht mit uns reden«, bemerkt Mama mit einem leicht eingeschnappten Unterton.

Wenn es für meine Mutter nicht so läuft, wie sie sich das vorgestellt hat, spielt sie gerne mal die beleidigte Leberwurst.

»Ach, dann lass sie doch!«, nimmt Papa mich in Schutz. »Die Klassenfahrt wird bestimmt super, Lu!«

»Ja«, gebe ich einsilbig zurück.

»Ist da eigentlich auch dieser Junge dabei, du weißt schon, dieser Noah …«, beginnt Papa.

Ach, du Schreck! Das ist das erste Mal, dass Papa mit dem Thema anfängt!

»Ich meine nur, also, pass gut auf, geh nicht mit ihm allein in die Dünen, oder so …«

»Papa!«

»Andreas! Nun lass sie doch!«, faucht Mama. Das muss sie gerade sagen.

»Noch mal im Klartext für euch beide: Papa, hast du was mit Beyoncé laufen?«

»Nein, leider nicht«, sagt er seufzend und fängt sich einen genervten Blick von Mama ein. Sie braucht wirklich Urlaub.

»Und, Mama, will Justin Bieber was von dir?«

»Wer? Ach der. Nee! Dem bin ich doch viel zu alt.«

Bevor sie wieder in die Jammer-Kurve abbiegt, gehe ich dazwischen: »Seht ihr. Und genauso unwahrscheinlich ist es, dass ich mit Noah zusammenkomme. Vergesst es!«

Mama und Papa schleichen aus meinem Zimmer. Sie vergessen es also. Wenn ich *ihn* doch nur vergessen könnte.

03

ES IST ZIEMLICH ENG hier drin. Sophie, Anne und ich haben uns gemeinsam in eine Umkleidekabine gequetscht. Gemeinsam mit fünfzehn Bikinis und Badeanzügen, dreißig Tops und vierzehn Hotpants. Anne bräuchte gar nichts anzuprobieren. Sie passt sowieso in alles rein und sieht immer top aus. Dazu diese sehr langen, dunklen Haare. Sophies sind dunkelblond. Meine sind braun, und ich wünschte, sie würden noch ein wenig wachsen. Und dabei so seidig glänzen wie die von Sophie. Sie probiert gerade ein Shirt an, das super zu ihren grünen Augen passt. Meine Augen sind so blau wie das Meer auf Amrum. Nehme ich mal an. Für die Klassenreise müssen wir uns unbedingt neu einkleiden. Ohne neue Klamotten wäre die Fahrt so wie Spaghetti ohne Tomatensoße, wie Disco ohne Jungs. Einfach nur öde.

Sophie hat von ihrer Konfirmation noch ein paar Gutscheine, die sie jetzt einlösen möchte. Anne braucht eigentlich überhaupt keine Hosen, Röcke oder Badezeug, weil ihr überdimensionaler Kleiderschrank prall gefüllt ist. Damit er nicht beim leisesten Windhauch auseinanderbricht, versteckt sie schon die Hälfte ihrer Klamotten unterm Bett.

»Habt ihr eine Ahnung, wie sehr es mich nervt, dass wir nach Amrum fahren?«

»Ja, du hast es, glaube ich, ein paar Mal erwähnt!«, sage ich ächzend und versuche, mich in eine Hose zu quetschen, die eine Nummer zu klein ist.

In Wahrheit redet Anne über nichts anderes mehr. Zuerst schauten wir sie entgeistert an und wussten nicht, was ihr an Amrum, Strand, Sonne und Meer nicht schmecken könnte. Das ist, als würde unser Lehrer jedem von uns vier Kugeln Eis mit Sahne ausgeben wollen und Anne würde darum betteln, lieber Schwarzbrot essen zu dürfen.

»Meine Eltern haben doch eine Ferienwohnung auf Amrum«, erzählt Anne. »Ich war da ungefähr schon eine Million Mal.«

»Jetzt reg dich mal ab!«, sage ich und verwerfe die Sache mit der Hose. »Dann kannst du uns die coolsten Ecken zeigen.«

»Gibt's da auch Action? Also, ist da richtig was los auf Amrum?«, will Sophie wissen.

»Die größte Action war bisher immer«, setzt Anne zu einer Erklärung an und verdreht dabei die Augen, »wenn ich meinen Vater während seines Mittagsschlafs geweckt habe. Du kannst dir gar nicht vorstellen, was dann los war.«

Wir lachen und versuchen, sie zu trösten.

Doch Anne seufzt. »Herr Christen ist ja noch schlimmer als zehn Väter!«

In der Klasse musste Anne schon ein kleines Referat über unser Reiseziel halten. Ich hab mir allerdings nur gemerkt, dass wir in Wittdün mit der Fähre ankommen und unser Landschulheim irgendwo im Naturschutzgebiet liegt.

»Sind da wirklich so viele Rentner?«, frage ich.

»Da laufen vor allem zwei alte Leute rum, die einem das Leben zur Hölle machen.« Anne ist offenbar immer noch nicht über ihren Vater und seine heilige Siesta hinweg.

Mir egal. Herrn Christen werden wir auch irgendwie austricksen und ihm so weit wie möglich aus dem Weg gehen. Wir dürfen zehn Tage lang auf einer Insel chillen. Zehn Tage Zeit, um Noah zu zeigen, dass ich die verführerischste Meerjungfrau zwischen Sylt, Föhr und Amrum bin. Doch dafür brauche ich neue Klamotten. Dummerweise habe ich weder Einkaufsgutscheine noch einen XXL-Schrank. Papa behauptet zwar immer, ich hätte mehr Kleidungsstücke, als er in seiner gesamten Jugendzeit je besessen hat, aber er ist natürlich auch von vorvorgestern.

»Wenn Noah dich in dem Fummel sieht, dann wird er sofort schwach.« Sophie verrenkt sich gerade vor dem Spiegel, um ein unmögliches Top mit Blümchenmuster über den Kopf zu ziehen.

»Findest du?« Ich betrachte mich in den Jeans-Shorts mit der weißen Spitze am Bündchen.

»Na ja, wenn du endlich mal zu Potte kommst. Was ist denn eigentlich nach dem Kino passiert?«

»Gar nichts«, gebe ich zurück. »An der U-Bahn haben wir Tschüs gesagt.«

»Ja, und dann?« Sophie reicht das alles nicht.

»Nichts. Ich habe ihm eine SMS geschrieben!«

Anne stockt kurz, als sie sich einen braunen Gürtel in die Rockschnallen pfriemelt. »Was stand denn drin?«

»Ich hab geschrieben: **Hi, Noah, ich habe noch Reste vom Popcorn in meinem Haar gefunden. Wollen wir uns die teilen?**«

Sophie grinst. »Das ist doch lustig.«

Ich sehe, dass sie stolz auf mich ist. Eigentlich bin ich nur ein Viertel so selbstbewusst, wie der Spruch gerade klingt. Sophie hat mir geraten, einfach selbstsicher zu tun und nicht mit einer Miene herumzulaufen, die schon zehn Meilen gegen den Wind signalisiert: Ja, ich weiß, du willst mich nicht. Ich bin nicht gut genug für dich. Ich gebe freiwillig auf.

»Was hat er denn geantwortet?«, bohrt sie nach.

Ich schaue betreten zu Boden und hoffe, dass die beiden bald aufhören mit ihrem Verhör.

»Nichts«, nuschele ich.

»Wie, nichts?«

»Na ja«, gebe ich kleinlaut zu, »ich habe die SMS gar nicht abgeschickt.«

Meine Freundinnen stöhnen auf. Mir wird heiß, was nicht nur daran liegt, dass die Kabine so klein ist.

»Hab mich nicht getraut, weil ich dachte, er findet es vielleicht blöd. Er hat sich aber auch nicht gemeldet.«

»Kein Wunder«, findet Anne, »wenn von dir nichts kommt.«

Dabei waren wir doch schon viel weiter.

»Ich verstehe es auch nicht so richtig. Nach dem Kino haben wir sogar zusammen auf seinem iPod Musik gehört. Ich einen Stöpsel im Ohr und er den anderen.«

»Das klingt gut.« Sophie reckt den Daumen hoch. »Und dann ist echt nichts passiert?«

»Ich hab gesagt, dass ich das Lied nicht mag.«

Anne und Sophie schauen mich an wie einen Fußballer, der im WM-Endspiel vor dem leeren Tor den Ball nicht reinmacht, weil ihm der Schusswinkel nicht gefällt.

»Spinnst du? Warum denn nur?«

»Man soll doch immer die Wahrheit sagen, und das habe ich gemacht.«

»Das ist nicht dein Ernst!« Sophie kann es nicht glauben. »Mann, Lu, so wird das doch nie was!«

Ich weiß, dass das blöd war, denn eigentlich hätte ich mein Leben lang mit ihm und dem Kopfhörer durch die Straßen laufen können. Um abzulenken, konzentriere ich mich wieder auf mein Outfit. »Das nehme ich!«, spreche ich mir selbst Mut zu. »Der wird Augen machen.«

»Pass mal lieber auf«, murmelt Anne, »dass er nicht bald einer anderen schöne Augen macht.«

04

ICH NICKE WIE EIN WACKELDACKEL auf der Hutablage eines Mercedes'. Anne und Sophie nicken auch. Die ganze Klasse nickt, sogar Herr Christen.

Es ist Montag, und wir stehen mit unseren Eltern am Gleis 7 des Bahnhofs Altona.

»Schwimm nicht so weit raus, da ist es gefährlich!«, warnt mich Papa.

»Gib nicht gleich am ersten Tag dein ganzes Taschengeld aus!«, ermahnt mich Mama.

Ich nicke, aber ehrlich gesagt ist es mir schnurzpiepegal, ob Papa meint, dass ich mit der Flut aufpassen soll, und Mama sich um Ebbe in der Kasse sorgt.

»Geht nicht zu spät schlafen«, gibt Sophies Vater uns mit auf den Weg.

»Meldet euch mal!«

»Macht keinen Mist!«

»Habt ihr genug zu essen für die Fahrt?«

Auch wenn wir uns alle geschworen haben, ruhig zu bleiben, verdrehe ich jetzt doch die Augen. Denken die, wir brechen zu einer Nordpol-Expedition auf? Die Fahrt bis nach Wittdün dauert rund fünf Stunden. Das reicht nicht mal ansatzweise aus, um zu verhungern. Plötzlich sprintet die Mutter von Anne noch mal los. Dabei startet unser Zug in zehn Minuten.

»Was ist denn mit der los?« Noah schaut ihr irritiert hinterher.

Anne blickt betreten zu Boden. »Mama kauft noch Verbandszeug«, flüstert sie und hofft, dass es niemand mitbekommt.

»Waaas macht sie?« Mindestens zehn entsetzte Augenpaare richten sich auf Anne an und starren sie an. Den Titel »Coolste Schülerin« kann sie sich damit ganz klar abschminken.

Wir wollen uns auf Amrum Fahrräder leihen. Davon gibt es dort mehr als Autos. Annes Mutter fürchtet offenbar, dass ihre Tochter bei der ersten Kurve in die Brombeerhecke fallen könnte.

»Hoffentlich schafft sie es nicht rechtzeitig!«, raunt Anne mir zu.

Unser Lehrer Herr Christen pfeift einmal auf den Fingern und gibt uns ein Zeichen, dass wir einsteigen sollen.

Meine Mutter drückt mich und zischt: »Und du und Noah, ihr denkt dran, dass ihr nicht zu weit, also, du weißt schon, was ich meine …«

»Was deine Mutter meint, ist, dass ihr viel Spaß haben sollt.«

Papa ist genau im richtigen Moment dazugekommen. Er

gibt mir einen Kuss auf die Wange, umarmt mich und schiebt mich Richtung Zugtür. »Mach, dass du loskommst. Ich muss zur Arbeit. Und noch länger halt ich das mit den heulenden Muttis hier nicht aus.«

Sophie schiebt sich hinter mir zur Stiege. Sie winkt ihren Eltern zu und atmet schwer aus.

Auf einmal drängt sich Mama zwischen meine Klassenkameraden und stolpert über einige Taschen und Rucksäcke. Wird sie auf ihre alten Tage etwa noch komisch?

»Eins noch, Lu. Hier, pack den noch ein.« Sie steckt mir einen zusammengefalteten Zwanzigeuroschein zu. »Ach, was würde ich drum geben, jetzt am Strand zu sein!« Sie zwinkert schelmisch und sieht auf einmal aus wie vierzehn, so als hätte sie selber verdammt große Lust, auf Klassenfahrt zu gehen. Gott bewahre!

Als der Zug langsam losrollt und wir mehr lustlos als leidenschaftlich zu winken beginnen, lehnt Anne sich zurück und grinst. Bevor unsere Eltern aus dem Blickfeld verschwinden, sehen wir noch, wie eine Mutter mit einem blauen Erste-Hilfe-Koffer über den Bahnsteig rennt.

»Nicht so drängeln, Leute. Jeder bekommt einen Platz!«, ruft Herr Christen in das allgemeine Gewühl hinein und macht einem grauhaarigen Ehepaar mit einem Rauhaardackel Platz.

Das Paar steuert direkt auf das Abteil zu, in dem Noah und Ben gerade Platz genommen haben.

»Komm schnell!«, raune ich Sophie zu und sprinte los. Halb stolpere ich über die Leine des Hundes, halb über die

Tasche der Frau und remple den Mann an. Einen Zentimeter vor den Herrschaften schlüpfe ich in das Abteil.

»Na, na, also wirklich, Lu, wo sind denn deine guten Manieren geblieben?«, höre ich noch Herrn Christen rufen.

»Welche Manieren?«, flüstere ich und grinse.

Glücklich lasse ich mich auf den Platz gegenüber von Noah fallen. Doch der beachtet mich gar nicht, sondern unterhält sich lieber weiter mit Ben. In dem Moment betritt Sophie mit knallrotem Kopf das Abteil und rollt genervt mit den Augen. Mein übertriebener Eifer ist ihr bestimmt peinlich, im Stich lassen kann sie mich aber auch nicht.

Verklärt betrachte ich Noahs braune Haare. Er hat einen Wirbel hinten rechts, der sich einfach nicht bändigen lässt. Noah scheint das zu nerven, ständig streicht er sich über die Stelle am Hinterkopf. Mir gefällt dieser Wirbel sehr, wer will schon Perfektion? Er hoffentlich auch nicht. Denn perfekt bin ich mit meinen halblangen mittelbraunen Haaren, zu großen Füßen und den ungleichen Augenbrauen auch nicht. Jetzt hat er die Gelegenheit, nicht nur die Verpackung kennenzulernen, sondern auch zu testen, ob ihm der Inhalt schmeckt. Im Kino haben wir ja nicht so viel geredet.

»Freut ihr euch schon?«, werfe ich in die Runde und komme mir dämlich vor, weil meine Frage unbeantwortet verhallt.

»Ja, ich schon!«, kommt doch noch eine Reaktion, allerdings von meiner nimmermüden Freundin Sophie.

Angestrengt überlege ich, womit ich Noah beeindrucken könnte.

Der Moment ist perfekt: Sophie und ich sind allein mit den Jungs im Abteil, völlig ungestört!

Ich hole mein Handy hervor und scrolle durch mein Fotoalbum. Soll ich ihm vielleicht das Bild zeigen, das ich neulich heimlich von ihm gemacht habe, als er beim Basketball einen Korb geworfen hat?

»Tu es nicht!«, zischt Sophie, die schon ahnt, welches Bild ich suche.

Die Situation ist verfahren. Im Moment könnte ich auch mit einer Riesentorte jonglieren, Noah würde es nicht einmal bemerken. Das geht ja richtig gut los. Beziehungsweise eben nicht. Interessiert er sich denn überhaupt nicht für mich? Sophie würde behaupten, dass er einfach nur schüchtern ist, aber ich bin mir da nicht so sicher. Schade, dass ich selber eher der zurückhaltende Typ bin.

Als ich noch überlege, was ich Intelligentes sagen könnte, öffnet sich erneut die Abteiltür.

»Sind hier noch zwei Plätzchen frei?«

Was antwortet man seinem Lehrer, also dem Mann, den man neben seinem Vater, dem Pfarrer oder dem Zahnarzt momentan am wenigsten gebrauchen kann?

Nööö, Herr Christen, Sie blöder Idiot, hier ist kein Platz mehr frei. Sie vermasseln uns sonst nämlich die ganze Tour.

»Ja, okay«, entgegne ich und lächele gequält.

Klar, er hat uns diese Klassenreise ermöglicht, und dafür sind wir ihm unendlich dankbar. Das heißt aber nicht, dass wir irgendetwas mit ihm zu tun haben wollen.

Zu allem Übel schiebt sich hinter unserem Lehrer auch noch Marie Schütze ins Abteil. Die farbloseste Referendarin aller Zeiten. Die ist wirklich ein Wackeldackel. Wenn die hinten bei uns in der Klasse sitzt, geht ihr Kopf die ganze Zeit hoch und runter. Und alles, aber auch wirklich alles, was an der Tafel steht, schreibt sie ab. Eine ordentlichere Schrift habe ich noch nie gesehen. Fehlt nur noch, dass sie Linien in ihrem Heft zieht und die Buchstaben auf den Millimeter genau ausmisst. Dass die ein Privatleben haben soll, kann ich mir genauso schwer vorstellen wie Heidi Klum mit einer angenehmen, tiefen Stimme.

»Das passt ja gut«, freut sich Herr Christen, nachdem er seine Tasche und die seiner Kollegin im Gepäcknetz verstaut hat.

Dank seiner Funktionshose, der beigen Windjacke und den praktischen Wanderschuhen erkennt man sofort, welches Fach er unterrichtet: Erdkunde.

»Dann kann ich euch gleich ein bisschen was über Amrum erzählen.«

Herr Christen schlägt seinen Reiseführer auf und ignoriert unsere gelangweilten Gesichter. »Wisst ihr, was *Rüm hart, klaar Kiming* bedeutet?«

Wenn das jetzt anderthalb Stunden so weitergeht, will ich sofort wieder aussteigen. Und mich alleine mit dem Fahrrad und Annes Erste-Hilfe-Koffer bis nach Usbekistan durchschlagen.

»Nö, keine Ahnung«, antwortet Noah.

Ach, seine Stimme klingt so schön. So warm und doch so

männlich. Leicht kratzig und sexy. Bei ihm wird jeder Satz zu einem Gedicht, auch wenn er nur »Keine Ahnung« sagt. Ach, wie schön muss sich erst ein »Ich liebe dich« aus seinem Mund anhören! Sophie wirft mir einen warnenden Blick zu.

»Hör auf, ihn anzustarren!«, wispert sie mir zu. »Das ist unlocker.«

Ich versuche es ja. Es ist nur so schwer.

»Was könnte es denn heißen?« Herr Christen gibt nicht auf. »Das ist ein sehr berühmter Spruch auf den Nordfriesischen Inseln. Also nicht nur auf Amrum, sondern auch auf … na?«

»Mallorca!«, antworte ich prompt, weil mir diese Abfragerunde zu weit geht und weil ich an Papa denken muss. Die anderen sitzen nebenan auf ihren Plätzen, lesen, quasseln und spielen auf ihren Handys herum, während wir einen Erdkunde-Intensivkurs erleben.

»Nein, Lu«, verbessert mich Frau Schütze eifrig. »Mallorca gehört gar nicht zu den Nordfriesischen Inseln.«

»Ach so!«, sage ich und schaue sie mit einem unschuldigen Engelsblick an. Mann, die peilt ja gar nichts. Noahs Mundwinkel bewegen sich ein wenig. Hat er etwa über mich gelacht? Oder war das nur der Anflug eines Gähnens?

»Lu findet sich besonders lustig. Fallen Sie nicht auf sie herein«, erklärt Herr Christen lächelnd. Schließlich kennt er seine Pappenheimer schon länger. »Also Amrum, Föhr, Sylt, da überall gilt *Rüm hart, klaar Kiming.*«

Ben erwacht aus seiner Starre. »Ich glaub, ich weiß es. *Harter Rum, klarer Korn.*«

Noah lacht und klatscht Ben ab. Ich runzele kurz die Stirn und frage mich, ob die beiden schon mal betrunken waren? Keine Ahnung, was die so in ihrer Freizeit treiben.

»Nicht schlecht, gut assoziiert«, lobt Herr Christen ihn doch tatsächlich. »Es heißt aber was anderes.«

Keinen wundert's, dass Marie Schütze Bescheid weiß.

»*Weites Herz, klarer Horizont* bedeutet es.«

»Eins plus. Setzen!«, foppt unser Lehrer sie.

Was er wohl von seiner Referendarin hält? Man geht ja immer automatisch davon aus, dass sich alle Lehrer mögen und toll finden. Aber im Laufe des Lebens lernt man, dass auch und vor allem Erwachsene sich nicht immer grün sind. Vermutlich findet er die Schütze auch zu streberhaft.

»*Weites Herz, klarer Horizont?*«, frage ich entgeistert. Darauf wäre ich nie gekommen. »Und was soll das?«

Herr Christen lehnt sich in seinem Zugsessel gemütlich zurück und verschränkt die Arme über dem Kopf. »Das ist nicht nur ein Satz, das ist ein Gefühl.« Mit Verve trägt er sein Anliegen vor und wird dann geradezu poetisch. »Wenn ihr euch auf eine Düne stellt und dann aufs Meer schaut, werdet ihr verstehen, was es bedeutet. Dann wird euch das Herz aufgehen.«

Ich schiele zu Noah. Es wäre zu schön, mit ihm auf einer einsamen Düne zu stehen, bis uns das Herz aufgeht.

Doch er schaut aus dem Fenster und scheint die Kühe zu zählen.

05

DIE SCHÄFCHEN haben ihren Stall erreicht. Wir stehen vor dem imposanten alten Gemäuer des Landschulheims und plappern alle wild durcheinander. »Nachher gehen wir gleich zum Strand«, ruft Max, während Sophie meint, dass es am coolsten ist, sich im Dunkeln ins Wasser zu stürzen. Eine schrille Stimme schneidet uns das Wort ab.

»Um 21 Uhr ist Licht aus!«

Frau Krulle, die Leiterin des Landschulheims, will uns sämtliche Illusionen nehmen, dass wir hier die Nacht zum Tag machen können.

»Nun lass die Kinder doch erst mal ankommen!«, meldet sich ein braun gebrannter Mann um die fünfzig zu Wort. Er hat ein wettergegerbtes Gesicht und lacht uns freundlich an.

»Erst mal herzlich willkommen im Landschulheim *Öömrang*!« Er macht eine einladende Handbewegung. »Das heißt auf Friesisch Amrum.«

Das Landschulheim liegt mitten in den Dünen. Natur pur hier im äußersten Norden der Insel Amrum.

»Unser Haus befindet sich im Vogelschutzgebiet. Und der

Badestrand mit dem berühmten Kniepsand ist gleich dort hinter den Dünen«, erklärt Jan.

Herr Christen hört interessiert zu. Mir sind das momentan zu viele Informationen. Ich möchte eigentlich nur wissen, wo wir schlafen.

In dem Moment öffnet sich im oberen Stockwerk des Hauses ein Fenster, und zwei Mädchen schauen interessiert zu uns herunter.

»Sind wir nicht alleine hier?«, frage ich.

»Nein, es ist noch eine andere Klasse aus Berlin da. Die haben zwei Tage Vorsprung«, sagt Jan lachend. »Ihr werdet euch bestimmt alle gut verstehen. Wenn ihr noch Fragen habt – ich bin hier der Mann für alles. Ich tausche Glühbirnen aus, leite die Wattwanderungen und tröste bei Liebeskummer.«

Frau Krulle rümpft die Nase. Vermutlich weiß sie noch nicht einmal, wie man Liebeskummer schreibt.

»Wenn ihr möchtet«, schlägt Jan vor, »können wir mal einen Geschichtenabend im Strandkorb machen.«

»Au ja!« Unser Lehrer nickt begeistert. Die Nordseeluft scheint ihm gutzutun, er wirkt gleich zehnmal entspannter als im heimischen Klassenzimmer.

»Und was kommt als Nächstes? Vielleicht auch noch eine Nachtwanderung?« Frau Krulle schüttelt tadelnd den Kopf. »Wie gesagt, spätestens um 21 Uhr ist Licht aus!«

Als sie sich wegdreht, schlägt Jan die Hacken zusammen und salutiert. Mit ihm werden wir sicher unseren Spaß haben.

»Um 18 Uhr gibt es Abendbrot«, ruft Frau Krulle uns über die Schulter zu und verschwindet wieder im Haus.

»Das ist ja wie im Krankenhaus«, nölt Max. Herr Christen wirft ihm einen warnenden Blick zu.

»So, liebe Leute, bevor sich jetzt alle das Landschulheim anschauen, möchte ich noch kurz eure Handys einsammeln. Die paar Tage werdet ihr sicher auch mal ohne eure Facebook-Freunde überleben!«, verkündet unser Lehrer.

»Was? Womit soll ich denn dann meine Urlaubsfotos machen?«, erhebt sich sofort Protest.

»Meine Eltern wollen aber, dass ich ihnen jeden Abend eine SMS schicke.«

»Ich hab versprochen, über die Klassenreise zu twittern!«

»Schluss jetzt!«, beendet Herr Christen die Diskussion. »Frau Schütze und ich sammeln jetzt die Smartphones ein.«

So was Blödes! Widerwillig schalte ich mein Handy aus und drücke es unserer Referendarin in die Hand. Die weiß bestimmt noch nicht mal, was Facebook ist.

Während unsere Lehrer mit zwei Umweltbeuteln voller Handys Richtung Eingang marschieren, führt Jan uns um das Haus herum. Da stehen zwei Tischtennisplatten, an denen einige aus der Berliner Klasse spielen.

»Die sind ja richtig gut im Tischtennis!«, stellt Ben fest.

»Und außerdem sehen die richtig gut aus«, wispert Anne mir zu. Ich nicke nur langsam mit dem Kopf, weil mir tatsächlich gleich zwei, drei Mädchen ins Auge springen, die Klamotten tragen, wie ich sie nur aus der Werbung kenne.

»Das ist leider wahr«, stimmt Sophie zu. »Coole Haare.«

In dem Moment fliegt ein Tischtennisball in unsere Richtung. Ein Mädchen hat sich beim Schmettern verschätzt.

Ausgerechnet Noah fängt den Ball mit einer Hand auf. Das Mädchen rennt lachend auf ihn zu.

»Super, dass du ihn gefangen hast. Bist du auch sonst so geschickt mit deinen Händen?«

Noah wirft ihr lässig den Ball zu. »Wart's ab!«, antwortet er nur, allerdings in einem Tonfall, den ich noch nie von ihm gehört habe. Um ehrlich zu sein, hat er mit mir heute noch gar nicht gesprochen.

»Ich bin übrigens Jenny!«, ruft das Mädchen Noah zu, dreht sich um und rennt mit wippendem blondem Pferdeschwanz zurück zur Tischtennisplatte. Selbst von hinten sieht sie zehn Mal besser aus als ich von vorne.

»Oje, die könnte gefährlich werden«, rutscht Sophie ein Kommentar raus, den sie sich wirklich hätte sparen können. Jan weckt mich aus meiner Schockstarre und bedeutet uns, ihm zu folgen.

»Okay, dann zeige ich euch mal eure Zimmer. Es gibt Vierer- und Sechserzimmer. Die Lehrer haben jeweils ein eigenes.« Jan geht in Richtung Haus, und wir folgen ihm aufgeregt. Sophie, Anne und ich laufen dicht nebeneinander, weil wir unbedingt zusammen in ein Zimmer möchten. »Sagt mal, ist bei euch vielleicht noch Platz?«, höre ich eine zaghafte Stimme neben mir. Karla sieht mich hoffnungsvoll an. Ausgerechnet Karla. Nicht dass ich sie nicht mag. Aber sie ist so anders als wir. Eher zurückgezogen und still. Ja, ich weiß, wenn's drauf ankommt, bei Noah zum

Beispiel, bin ich auch nicht die Schlagfertigste. Aber Karla ist noch mal eine ganz andere Hausnummer. Sie wirkt, als würde sie die ganze Last des Lebens auf ihren Schultern tragen, so als wäre sie nicht vierzehn, sondern einundvierzig. Das kann manchmal ganz schön anstrengend sein. Hilfe suchend blicke ich zu Sophie und Anne. Beide zucken nur mit den Schultern. Was so viel bedeuten soll wie: »Na ja, toll ist es ja nicht, aber wir können ja auch nicht Nein sagen.«

»Okay, wenn du möchtest.« Ich zwinge mich zu lächeln. Vielleicht tue ich Karla auch unrecht, und sie hat es einfach nicht leicht. Herrje, ich klinge wie eine Psychiaterin. Also, womöglich ist ihre Oma kürzlich gestorben oder ihr Hamster. Wir wissen es nicht, und wir sollten ihr eine Chance geben. Vielleicht erfahren wir dann, warum sie immer so traurig aussieht.

»Komm«, fordere ich sie also auf und ziehe Karla mit in unser Vierzimmer. Jeden Tag eine gute Tat, habe ich schließlich bei den Pfadfindern gelernt.

Kaum haben Sophie, Anne, Karla und ich das Zimmer bezogen, dauert es keine fünf Minuten, und es sieht aus, als habe bei uns ein Sturmtief gewütet. Unsere Koffer stehen sperrangelweit offen, die Klamotten fliegen kreuz und quer durchs Zimmer. Unsere Hosen liegen auf dem Bett, die Schlafanzüge im Waschbecken und die Zahnbürsten auf dem Fußboden.

»Wir sollten uns fürs Guinness-Buch der Rekorde bewerben.« Sophie lacht. »Wir landen bestimmt auf Platz eins in der Kategorie ›Maximales Chaos in minimaler Zeit‹!«

»Yippie!« Anne springt mit eingezogenem Kopf auf dem unteren Etagenbett herum. »Den Preis widme ich meiner Mutter. Der ordentlichsten Frau zwischen Nordfriesland und Neuguinea. Sie kann eigentlich gar nicht mit mir verwandt sein.«

Glücklich beobachte ich das Spektakel. Nur Karla wirkt unentschlossen. So als habe sie einerseits zwar Lust, mitzumachen, andererseits aber irgendwas, was sie davon abhält. Wie würde ich mich freuen, wenn wir sie knacken könnten und sie ein bisschen aus ihrem Schneckenhaus herauskäme.

»Sagt mal, dieser Jan, der ist ja richtig nett, oder?«, werfe ich in die Runde.

»Der ist spitze! Sieht so aus, als habe er immer gute Laune. Und als könne man mit ihm Pferde stehlen«, pflichtet Sophie mir bei.

»Oder Wattwürmer!«, witzelt Anne. Sie erzählt, dass ihre Eltern Stammgäste in einer Kneipe sind, in der auch Jan ein und aus geht.

Ich weiß, es ist komplett absurd, aber als der Begriff »Pferde stehlen« fällt, muss ich wieder an den wippenden Pferdeschwanz denken.

»Hauptsache, diese Berliner Klasse will uns nicht die Jungs stehlen«, sage ich. Mir ist bewusst, dass es grimmig klingt.

»Unsere Jungs, Mehrzahl? Oder einen bestimmten?« Anne schaut mich mit einem Blick an, der mir sagt, dass sie mich durchschaut hat. »Streng dich halt ein bisschen an. Und sei nicht so zurückhaltend. Irgendwann bist du uralt und denkst, ja, ich wäre so gerne mit ihm zusammen gewesen, aber er hat ja nie was gesagt.«

»Aber was soll ich denn sagen?«, erwidere ich schmollend. »Er sagt doch auch nie was!«

»Sei einfach witzig, charmant und offen. Dann wird es schon klappen!«, ermuntert mich Anne.

Ach, wenn es doch nur so leicht wäre!

Sophie blickt plötzlich panisch von ihrem Koffer auf. »Hat jemand meine Sonnenbrille gesehen? Die ist weg!«

Wir drei sehen uns an und schmunzeln. Sophie ist mit Abstand die Chaotischste und Verwirrteste von uns.

»Echt, ist die weg?«, fragt Anne scheinheilig.

»Ja, und das ist nicht lustig! Ich brauch die, die ist megacool. Und meine Mutter reißt mir den Kopf ab, wenn die weg ist!«

Ich kann mich nicht einkriegen und grinse weiter. »Echt? Die reißt dir den Kopf ab? Na, dann hätte sie ja die Brille!«

Sophie sieht mich an wie ein Fragezeichen. »Hä?! Wie meinst du das denn? Hört auf, mich zu nerven. Helft mir lieber suchen.«

»Nö«, sage ich. »Keine Lust!«

»Ich auch nicht«, stimmt Anne mit ein.

Nur Karla hält die Spannung nicht aus. »Deine Sonnenbrille ist auf deinem Kopf«, rettet sie Sophie aus ihrer Verzweiflung.

Die fasst sich an ihre Haare, stößt auf die Brille und bekommt einen Lachflash. »Oh, my God! Die Brille ist da, wo sie hingehört. Auf'm Kopf. Mann, bin ich bekloppt!«

»Richtig«, gebe ich ihr recht. »Völlig kopflos.«

Anne umarmt Sophie von hinten. »Dabei ist Lu doch die Einzige, der jemand den Kopf verdreht hat.«

Es ist also wirklich allen aufgefallen, dass Noah mir, sagen wir mal, nicht ganz gleichgültig ist. Ich ziehe eine Schnute und laufe rot an. »Äh, wir sollten zum Essen runtergehen«, lenke ich ab. »Sonst schimpft Frau Schrulle mit uns.«

»Wer?«, fragt Sophie lachend.

»Äh, Frau Krulle, meine ich natürlich.«

»Nee«, sagt Karla, und ich habe sie zuvor noch nie so laut lachen gehört, »Frau Schrulle ist prima. Das passt perfekt.«

06

DAS ESSEN SCHMECKT abscheulich, aber ich schlinge es trotzdem gierig hinunter. Der Satz, dass Seeluft hungrig macht, stimmt also wirklich.

»Okay, Leute, wenn ihr noch mal zum Strand wollt, dann müsst ihr euch beeilen.« Herr Christen kippt mutig seinen Becher Pfefferminztee auf ex runter. »Ihr habt ja gehört, was Frau Krulle gesagt hat. Um 21 Uhr ist Bettruhe! Ihr seid bestimmt auch schon müde, oder?«

»Totaaaaaal!«, rufen wir und wissen schon jetzt, dass wir kein Auge zutun werden.

»Wer zuerst da ist«, zische ich Sophie zu.

Wir springen von unseren Stühlen auf und sprinten in Richtung Strand. Als wir oben auf der Düne stehen, verschlägt es uns die Sprache. Sand, so weit das Auge reicht. Korn an Korn, als wären Millionen Freunde aus dem Sandreich zusammengekommen und hätten sich geschworen, für immer zusammenzubleiben und einen Strand für die Geschichtsbücher zu bilden. Wir ziehen die Turnschuhe aus, um den Sand unter den Füßen zu spüren.

»Das ist der größte Strand Europas, und er wächst immer weiter«, erklärt uns Anne, die nachgekommen ist und nicht halb so begeistert aussieht wie wir. Na klar. Wenn man die sieben Weltwunder jedes Jahr direkt vor der Nase hat, erscheinen sie einem so banal wie ein Glas Milch. Noch lustloser wirkt Karla. Gelangweilt pflügt sie mit den Füßen den Sand um.

»Hier habe ich schon so viele Ferien verbracht. Ich merke gar nicht mehr, wie toll es eigentlich ist«, gesteht Anne. »Obwohl es diesmal was ganz anderes ist ohne Eltern.«

»Ich habe noch nie einen so tollen Strand gesehen«, stelle ich fest. »Der auf Mallorca war schön, und den Strand in Dänemark fand ich irre, aber der hier toppt alles.«

»Super für Spaziergänger!« Anne verdreht die Augen. »Allerdings darf ich nie alleine an den Strand, weil meine Mutter Angst hat, ich könnte im Wattenmeer verloren gehen. Von einer Welle mitgerissen oder vom Sand verschüttet oder so.«

»Deine Mutter hat ja 'ne richtige Paranoia«, meint Sophie.

Anne zuckt nur mit den Schultern.

»Na ja, mit dem Richtigen würde ich mir hier liebend gern die Füße platt laufen«, sinniere ich.

Wie aufs Stichwort tauchen Noah, Ben und Max auf. Grölend schlagen sie ein Rad im feinen Sand und versuchen sich an einem Handstand. Ich lasse mich von der Stimmung anstecken, strecke meine Hände nach hinten über den Kopf und gleite langsam nach unten in die Rückwärtsbrücke. Das habe ich im letzten Urlaub mit Papa am Strand geübt. Heute klappt es nicht so richtig. Ich komme nicht ganz runter.

»Hey, Lu. Du bist ja 'ne richtige Akrobatin«, bemerkt Sophie anerkennend.

»Na ja, fast«, sage ich. »Ich bräuchte jemanden, der mir den letzten Stups gibt.« Langsam richte ich mich wieder auf und blicke zu den Jungs rüber. Ich nehme meinen ganzen Mut zusammen. »Hey«, rufe ich. »Kann mir mal einer von euch helfen?«

Plötzlich steht Noah neben mir und fragt, was wir machen. Juhu! Ich habe genau das erreicht, was ich insgeheim mit meinem Kunststück bezwecken wollte.

»Wir üben Brücke. Bei mir fehlen aber noch ein paar Zentimeter«, gebe ich zu. »Ich könnte noch einen kleinen Stups gebrauchen.« Mein Herz rast wie wild, weil ich mir vorstelle, wie Noah mir langsam nach unten hilft. Geschickter hätte ich den Körperkontakt gar nicht anbahnen können. Mir würde es für den Anfang sogar schon reichen, wenn er mich mit seinem Zeh antippt.

»Also, dann wollen wir mal!«, gibt Sophie das Kommando, weil sie es nicht ertragen kann, dass ich auf halber Anbaggerstrecke schon wieder schlappmache und, Unsicherheit sei Undank, kurz vor einem Rückzieher stehe.

Noah lächelt. »Ist das schwer?«

»Probier's aus«, entgegne ich. »Du musst deinen Rücken richtig gut durchdrücken.«

»Jetzt zeigt sich, wer Rückgrat hat!«, verkündet Noah, während er in die Knie geht und die Arme nach hinten über den Kopf streckt. Das ist genau der Grund, weshalb mir Noah so gut gefällt: weil er wirklich schlau ist. Der Spruch mit dem Rückgrat ist ein sehr hintersinniger Gedankengang. Manchmal wäre es allerdings besser, wenn er weniger verkopft wäre und mehr aus sich herauskäme.

»Ist das so eine Yoga-Übung?«, fragt Ben feixend.

»Ja, genau. So was wie dieser *Hund*, oder wie das heißt«, meint Sophie.

»Du meinst wohl eher den *Sterbenden Schwan*«, sage ich und spüre, dass Noah es nicht mehr lange in dieser Position aushalten wird.

»Sterbender Schwan? Ich?«, ruft er. »Ahhh, ich falle!«

»Das musst du wohl noch üben!«, witzelt Ben, der mit seinem Handy eine ganze Fotoserie von Noahs Hängepartie geschossen hat.

»Sag mal, du hast doch dein Handy abgegeben, oder?«, frage ich Ben.

Er nickt. »Ja, habe ich auch. Ich habe aber zwei!«

Wir grinsen, beneiden ihn insgeheim für seine Cleverness und freuen uns, dass jemand das alles hier für die Ewigkeit einfängt.

Ich will gerade nach vorne preschen, um Noah aufzufangen, als wie aus dem Nichts eine Hand auftaucht, die ihn sanft am Rücken stützt.

»Na, brauchst du Hilfe?«

Ich fasse es nicht. Jenny. Diese Tischtennis-Tussi hat mir meinen Auftritt vermasselt. Sie hilft Noah auf die Beine und strahlt ihn unverschämt gut gelaunt an.

»Das war mein Dankeschön, weil du den Ball vorhin gefangen hast«, sagt sie keck.

Noah lächelt sie gar nicht mehr so schüchtern an. »Das ist echt nett. Kannst du so 'ne Brücke?«

Ich glaube, ich höre nicht recht. Das war meine Idee mit den Akrobatikübungen! Und ehe ich mich's versehe, lässt Jenny sich ganz locker, als wäre sie eine Schlangenfrau, nach hinten in die Brücke sinken.

Klar, dass die nicht nur gut aussieht und Tischtennis spielen kann, sondern auch noch ein Ass im Bodenturnen ist.

Die Jungs sind begeistert. »Wow, bist du gelenkig!«

»Zehn Jahre Rhythmische Sportgymnastik!«, erwähnt sie beiläufig.

Kann es noch schlimmer kommen?

Sophie zieht mich zur Seite. »Lu, bitte starr sie nicht so an. Es müssen doch nicht alle wissen, dass du eifersüchtig auf sie bist!«

»Rhythmische Sportgymnastik«, äffe ich Jenny nach. »Die kann bestimmt auch Stand-Up-Paddling, Fallschirmspringen und Rhönradturnen.«

Sophie grinst, macht mir aber ein Zeichen, mich zu beruhigen. »Du bist auch sportlich!«, erinnert sie mich.

Das stimmt!, denke ich, allerdings erscheint mir Volleyball momentan nicht mehr so spektakulär.

»Es riecht so gut hier, oder?«, fragt Jenny und schließt theatralisch die Augen.

»Ja, nach Wasser und Salz. Prickelt richtig auf der Haut, oder?«, erwidert Noah.

»Ja, besser als jede Schönheitskur«, schwärmt Jenny.

»Wer's nötig hat«, zischt Sophie mir zu, und ich weiß, dass ich sie an meiner Seite habe. Komme, was wolle.

Inzwischen sind auch noch zwei Berliner Jungs zu unserer Gruppe gestoßen.

»Hey, seid ihr die Hamburger Gang?«, fragt der eine.

Sie sehen wirklich anders aus als wir. Irgendwie älter. Und lässiger. Den Jungs hängen die Jeans fast in den Kniekehlen, und Jenny trägt Klamotten, die ich mich nie trauen würde anzuziehen. Das zerrissene Top ist ganz schön gewagt. Doch ihr steht es bestens. Leider.

»Ja, wir kommen aus Hamburg«, sagt Noah, springt auf und klopft sich den Sand ab. Die anfangs so heimelige Atmosphäre ist jetzt komplett dahin.

»Wir sind aus Berlin. 9. Klasse. Und ihr?«, fragt Jenny.

Sie kaut Kaugummi, was mir sofort unsympathisch ist, weil sie dabei so verdammt cool aussieht.

»Wir sind in der Achten«, antwortet Ben, und Noah fügt hinzu: »Kommen aber bald in die Neunte.«

»Wir haben dahinten gegrillt mit unserer Klasse. Der Fraß, der einem in der Herberge vorgesetzt wird, ist ja wohl die Hölle!«

»Das kannst du laut sagen«, stimmt Noah ihr lachend zu. »Wie lange bleibt ihr denn noch?«

»Noch eine knappe Woche«, sagt Jenny und schiebt ihren Kaugummi in die andere Backe.

»Cool, so lange noch«, stellt Noah erfreut fest.

Was? Sooo lange noch?, denke ich entsetzt.

»Wenn ihr Lust habt, können wir ja mal was zusammen machen.«

Sie sagt zwar »Wenn *ihr* Lust habt«, aber sie schaut dabei nur Noah an. *Meinen* Noah. Dachte ich zumindest.

»Ja, wir hätten sogar große Lust«, erwidert eben dieser Noah, der vor ein paar Minuten noch mit mir Sand-Hängebrücke üben wollte und endlich ein bisschen aufgetaut war. Aber das ist ihm inzwischen wohl entfallen. Ich blicke zu Anne und Sophie, die ebenfalls entgeistert diese Berliner Erscheinung mustern. Leider wirken unsere Jungs sehr angetan.

»Am besten, wir treffen uns abends, wenn die langweiligen Ausflüge mit unseren Klassen durch sind«, schlägt Jenny vor.

Sie scheint ganz klar die Anführerin zu sein, das Oberhaupt, der Leitwolf.

Ein Junge aus Jennys Klasse wagt es dann aber doch, das Wort zu ergreifen. »Abends am Strand zu chillen ist wirklich super. Auch wenn eigentlich um 21 Uhr Bettruhe ist.«

Jenny winkt lachend ab. »Ach, die Schrulle merkt doch eh nichts.«

Noah lacht laut auf. »Wie nennt ihr die Krulle? Schrulle?!« Er kriegt sich gar nicht wieder ein. Die anderen Verräter aus meiner Klasse brechen ebenfalls in schallendes Gelächter aus.

»Bietet sich doch an, der Spitzname«, findet Jenny. »Schrulle. Seid ihr da noch nicht draufgekommen?« Jetzt zwinkert sie ihm auch noch zu.

»Nö«, sagt Noah. »Da musste erst eine Berlinerin kommen.«

Jetzt reicht's aber, denke ich erbost. Wer hat denn vorhin den Namen Schrulle erfunden? Das war doch wohl unser Zimmer!

»Wir haben sehr wohl ...«, setze ich an, als Sophie mich am Arm packt.

»Lass es, bitte. Reg dich nicht auf.«

Damit rettet meine Freundin mich vor einem peinlichen Eifersuchtsanfall. Sie ahnt, dass ich kurz davor bin, jemandem den Kopf abzureißen. Entweder der überschminkten Tussi aus Berlin oder Noah, der sofort angebissen hat.

»Ich *muss* mich aber aufregen!«, zische ich zurück.

»Hör auf jetzt!«, ermahnt mich Sophie noch mal.

»Wisst ihr, was mich voll aufregt?«, mischt sich Anne ein. »Dass wir unsere Handys abgeben mussten. Erst macht der Christen einen auf Kumpel, und dann nimmt er uns einfach unsere Handys weg!«

»Ja, das hat mich auch total aufgeregt. Womit soll ich denn jetzt meine Urlaubsbilder machen?«, ereifert sich nun auch Sophie.

»Na ja«, sage ich und blicke zu Noah, der nur noch Augen für Jenny hat. »Dann können die beiden wenigstens keine Handynummern austauschen.«

07

ICH SEHE SO AUS, als hätte ich eine schlechte Note in Mathe, ein WM-Endspiel verloren und als sei mir mein Portemonnaie geklaut worden. Und zwar alles auf einmal. So sauertöpfisch blicke ich drein. Die vergangene Nacht war grausam. Die schlimmste, die ich jemals hatte. Abgesehen von der, als ich mit fünf Jahren blau angelaufen war und meine Eltern mich ins Krankenhaus bringen mussten. Die Geschichte damals habe ich überlebt. Wie ich diese neue Situation hier überleben soll, ist mir ein Rätsel. Statt zu schlafen, schossen mir wieder und wieder die Bilder dieser Jenny durch den Kopf. Wie sie Noah um den Finger gewickelt hat, ohne irgendetwas Besonderes zu tun oder Intelligentes zu sagen. Na gut, sie hat ganz schön mit dem Popo gewackelt, von mir aus auch rhythmisch, als sie mit Noah und Ben zurück zur Jugendherberge stolziert ist. Von deren Selbstbewusstsein würde ich mir gerne eine sehr große Scheibe abschneiden.

»Na, wie habt ihr geschlafen?« Marie Schütze wagt es tatsächlich, an unseren Frühstückstisch zu kommen.

Sophie ergreift schnell das Wort, weil sie weiß, dass ich kurz davor bin, jemanden anzubrüllen oder in Tränen auszubrechen. »Ja, ganz okay. Und Sie?«

»Ach, nett, dass du nachfragst. Meine Matratze ist leider schon ziemlich durchgelegen, und dann hatte ich noch eine Mücke im Zimmer …« Frau Schütze erklärt ausführlich, wie sie die Nacht verbracht hat. Als wenn mich das irgendwie interessieren würde. Ich blicke zum anderen Ende des Frühstücksraums, wo Noah und Ben sitzen und geradezu an Jennys Lippen kleben.

Ach, Noah! Was finde ich nur an dir, außer deinem Haarwirbel? Eigentlich mag ich überhaupt keine Jungs, die sich ein Mädchen nur danach aussuchen, wie kurz ihr Top, wie lang ihre Beine und wie rhythmisch ihre Gymnastik ist.

Als wir gemeinsam im Kino waren, haben wir uns danach noch mit einem Eis auf eine Bank an der Alster gesetzt. Da hat Noah mir sehr viel von sich und seinen Eltern erzählt, die geschieden sind.

Ich hatte mich geehrt gefühlt, dass Noah sich mir gegenüber so öffnet. Er hatte sich nach meiner Familie erkundigt, und ich hatte ihm gestanden, dass ich wahnsinnig gerne einen Bruder hätte. »Auch wenn Papa oftmals selbst wie ein Teenager ist!«, hatte ich schmunzelnd erzählt.

Und nun, nur ein paar Wochen später, ist es so, als habe es dieses vertrauensvolle Gespräch nie gegeben.

»Hört mal alle her!«

Die Stimme von Herrn Christen reißt mich aus meinen Gedanken. Neben unserem Lehrer steht der Klassenlehrer der Berliner. Er ist der Typ Surflehrer. Braun gebrannt, halblange Haare, Lachgrübchen, ein lässiges T-Shirt mit modischem Aufdruck und ein paar flotte Sprüche auf den Lippen. Und dagegen unser lahmer Christen! Das ist wie Justin Bieber gegen Horst Seehofer. Gegen die coole Hauptstadttruppe wirken wir Hamburger wie die reinsten Landeier. Dabei ist Hamburg die zweitgrößte Stadt Deutschlands!

»Das ist Jonas Starck, der Lehrer der Berliner Klasse.«

»Ihr könnt Jonas zu mir sagen, genau wie meine Schüler!«, verkündet der Surferboy.

Seine Klasse johlt ihm zu. Wahrscheinlich verehren die ihn wie einen Gott. Bestimmt so ein Lehrer, der nie Hausaufgaben aufgibt, dafür witzige Projekte vorschlägt und zu Hause eine Modelfreundin hat.

Ich finde einen Lehrer, der einer fremden Klasse gleich das Du anbietet, eher komisch.

»Hey, Jonas, können unsere Klassen heute was zusammen machen?«, höre ich Noah rufen.

Das hat er nicht ernsthaft gesagt, oder? Seit wann ist Noah denn so ein Plappermaul? Sonst bekommt er die Zähne nicht auseinander und scheint eher in seine Gedankenwelt versunken zu sein. Jetzt aber ist er wie ausgewechselt.

»Wir können bestimmt mal irgendwas zusammen machen, Disco oder so. Aber euer Lehrer hat heute was anderes mit euch vor.«

»Genau!« Herr Christen hat sich das Wort erkämpft, und ich hoffe inständig, dass er den Berlinern nicht vorschlägt, ihn Rainer zu nennen.

»Also, ich bin Herr Christen.«

So spießig ich ihn oftmals finde, heute liebe ich ihn für seine Konsequenz.

»Wir schauen uns heute erst mal ein bisschen auf der Insel um. Vielleicht können wir später ein Tischtennisturnier organisieren.«

Die Stimme, die ich am wenigsten hören möchte, meldet sich zu Wort. »Spielen wir dann auch ein Mixed-Doppel?«, fragt Jenny.

Die geht wirklich aufs Ganze!

»Ich bin dafür«, ruft Noah begeistert.

»Super, dann haben wir schon das erste Team«, erwidert Jonas Starck und grinst mit seinen strahlend weißen Zähnen in die Runde.

Mit steinerner Miene schmiere ich mir etwas von der dunkelbraunen Marmelade aufs Graubrot.

»Das Brot hat in etwa die Farbe deines Gesichts«, bemerkt Sophie trocken. »Kennst du den Spruch: *Eifersucht ist eine Leidenschaft, die mit Eifer sucht, was Leiden schafft*?«

»Stammt das aus dem Nähkästchen von Christens Oma, oder woher hast du den Mist?«

Ich klinge schrecklich und bin nicht gerade freundlich zu meiner besten Freundin. Dabei hatten wir uns doch so auf diese Klassenreise gefreut!

»Tut mir leid, Sophie«, sage ich seufzend. »Ich hatte mir die Reise nur irgendwie anders vorgestellt.«

Mein Blick schweift wieder zu Noah, der sich von Jenny eine Scheibe Schinken reichen lässt.

»Ja, natürlich«, erwidert Sophie, »aber du kannst dir doch nicht die ganze Klassenfahrt verderben lassen, nur weil ein Mädchen aus Berlin zu starken Lippenstift aufgetragen hat.«

Ich finde, das klingt furchtbar vernünftig. So pragmatische Gedanken hätte ich auch gerne. Ich wünschte, ich könnte Dinge einfach abhaken oder zur Seite legen, in eine Schublade, diese abschließen, nach der Klassenreise wieder öffnen und mich dann mit dem Problem beschäftigen. Aber das geht nun einmal nicht.

»Ich krieg das nicht hin, weil ich ständig daran denken muss. Und die beiden dauernd vor der Nase habe!«

»Okay, das kann ich auch verstehen«, sagt Sophie, »aber du glaubst doch nicht, dass du Noah für dich gewinnen kannst, wenn du die ganze Zeit so griesgrämig schaust!«

Sophie ist viel weiter als ich. Sie ist vom Kopf her schon sehr reif, so als habe sie mit ihren vierzehn Jahren bereits ein Psychologiestudium absolviert. Ach, ich bin so glücklich, dass ich sie habe! Ohne sie wäre ich ein heulendes Elend.

»Hilfst du mir dabei?«, flüstere ich, damit die anderen es nicht mitbekommen.

»Na klar!« Sie nimmt mich schnell in den Arm und versperrt mir so den Blick auf Noah, der gerade über einen Witz dieser Jenny gelacht hat.

»Und was soll ich tun, damit er sich für mich entscheidet?«, frage ich sie.

»Du musst ihm ab sofort bei jeder Gelegenheit beweisen, dass du die bessere Wahl bist«, sagt Sophie selbstbewusst. »Oder du vergisst ihn ein für alle Mal.«

08

ICH LIEBE MEINEN LEHRER! Und beiße genüsslich in eine Waffel. Habe ich schon immer getan. Oder habe ich jemals das Gegenteil behauptet? Die Sahne auf der Waffel schmeckt himmlisch. Warum ich Herrn Christen so liebe? Weil er vorhin ein Machtwort gesprochen und die beiden Klassen getrennt hat. Jenny fand die Idee »total uncool«, und Noah und Ben machten auch lange Gesichter, aber ich war glücklich. Und bin es immer noch.

»Na, schmeckt's euch?«

Herr Christen sitzt mit aufgekrempelten Hemdsärmeln neben uns. Er findet, es sei an der Zeit, ein wenig legerer herumzulaufen. Recht hat er. Das Wetter ist phantastisch, und in diesem wunderhübschen Garten, der zu dem Café gehört, könnte man meinen, wir hätten Hochsommer.

»Herr Christen, nehmen Sie doch auch Ihre Beine ab«, ruft Noah ihm zu.

Er erntet große Lacher, und ich bemühe mich, besonders laut zu lachen, damit Noah merkt, dass wir auf einer Wellenlänge sind.

Das mit den Beinen und Herrn Christen ist ein Insider. Unser Lehrer trägt nämlich sehr praktische Multifunktionshosen. Damit haben wir ihn schon häufiger aufgezogen. Etwa auf Kniehöhe befinden sich Reißverschlüsse, sodass man die unteren Hosenbeine einfach abtrennen kann.

»Das mache ich auch! So warm, wie es hier ist.« Er beugt sich unter den Tisch, um die Reißverschlüsse zu öffnen. »Frau Schütze, was ist mit Ihnen? Machen Sie sich ruhig frei«, ruft er und kommt mit den Beinen in der Hand wieder hoch.

Sophie und ich reißen erstaunt die Augen auf und schauen gespannt zu Frau Schütze. Die weiß offenbar nicht, wie sie die Bemerkung unseres Lehrers einschätzen soll.

»Der Christen will, dass die Schütze sich die Klamotten vom Leib reißt«, zischt Ben Noah zu.

Noah grinst und blickt kurz in meine Richtung. Sofort lächele ich, ich kann gar nicht anders. Gleichzeitig schlage ich verführerisch die Beine übereinander. Wäre ich Jenny, würde ich ganz selbstsicher auf ihn zuspazieren, mich auf seinen Schoß setzen und seine Hände auf meine Knie legen. Doch ich bin ich. Und *ich* würde so was niemals tun. Eher tanzt eine Nonne in der Disco Lambada.

Noah schenkt mir ohnehin keine Aufmerksamkeit mehr. Er blickt zu Herrn Christen und flüstert Ben etwas zu.

Ich merke, wie meine Mundwinkel langsam wieder nach unten sinken.

»Lu, kommst du mal?« Sophie steht neben mir und zieht mich mit sich.

Unwillig tapse ich hinter ihr her. Wir gehen ein paar Schritte durch den Garten zu dem Tisch, an dem Anne und Karla sitzen.

»Was ist denn los?« Ich klinge genervt, weil ich den Sinn dieser Entführung nicht verstehe.

»Wir wollten dir nur sagen«, beginnt Anne, »dass wir uns freuen, dass du dich entschlossen hast, um ihn zu kämpfen.«

»Aber bist du dir auch hundertprozentig sicher, dass du ihn willst?«, hakt Sophie nach.

»Was? Ihr wisst doch, dass ich auf keinen anderen Jungen stehe!«, erwidere ich irritiert.

»Wir hoffen nur, dass du nachher nicht wieder traurig bist. Es könnte ja sein, dass Noah heute Abend wieder nur Augen für Jenny hat«, wirft Anne ein.

Ich weiß nicht genau, wie ich es finden soll, dass die drei sich in mein Liebesleben einmischen.

»Glaubt ihr wirklich?«, frage ich, obwohl ich die Antwort schon kenne.

»Hm, lass mal überlegen«, sagt Anne. »Was würde Noah wohl machen, wenn jetzt Selena Gomez durch den Garten stolzieren würde?«

Ich schaue sie fragend an. Wie kommt sie denn jetzt auf die Gomez?

»Dann würde er sie natüüüürlich keines Blickes würdigen«, fährt Anne fort.

»Was soll denn das mit der Gomez?« Ich hoffe, nicht zu zickig zu klingen, aber ich will dieses Gespräch möglichst bald beenden. Mit einem Auge schiele ich auf den Platz neben Noah, der gerade frei ist. Betonung auf *gerade*. Schließlich haben wir in der Klasse auch noch genügend andere Mädchen, die gerne ein Stück von Noah abbeißen würden.

»Sag bloß, dir ist die Ähnlichkeit noch nicht aufgefallen!«, erwidert Anne. »Und es könnte schließlich sein, dass er wieder springt, wenn Jenny ruft. Ich möchte nur nicht, dass du nachher wieder enttäuscht bist.«

»Glaubt ihr, unsere Eltern hatten auch solche Probleme, bevor sie jemanden zum Heiraten gefunden haben?«, frage ich in die Runde.

»Also, meine Mutter hatte bestimmt jede Menge Probleme mit Männern«, sagt Anne, die den letzten Rest ihrer Apfelschorle mit dem Strohhalm aussaugt und dabei ein lautes Schlürfgeräusch macht. »Es ist ein wahres Wunder, dass sie überhaupt jemanden abbekommen hat.«

So schlecht würde ich nie über Mama reden. Anne muss richtig Pech haben mit ihrer Mutter.

»Mein Vater«, erinnert sich Sophie, »hat neulich im Streit zu meiner Mutter gesagt: ›Wie konnte ich nur an so eine wie dich geraten?‹«

»Und dann?«, fragt Karla. Es ist das erste Mal, dass sie etwas zu einem Gespräch beisteuert.

»Dann«, fährt Sophie fort, »hat meine Mutter gesagt, dass sie sich das auch schon gefragt hat. Und damit hätten sie doch eine Gemeinsamkeit. Danach haben beide wie wild gelacht.«

»Und wie sind deine Eltern so?«, will ich von Karla wissen.

Doch Karla antwortet nicht. Sie scheint wieder tief in Gedanken versunken zu sein. Werde einer aus ihr schlau.

Sophie kommt aufs eigentliche Thema zurück. »Offenbar interessiert er sich wirklich für Jenny. Die Frage ist: Hältst du das aus und bist bereit, um ihn zu kämpfen?«

Ich nicke sofort wild und entschieden. Sophie meint es bestimmt nur gut, aber ich finde, sie geht etwas zu weit.

»Ist ja gut, ich habe es verstanden!«, entgegne ich und stehe auf.

Mein Herz schlägt höher, als ich sehe, dass der Platz neben Noah noch immer frei ist. Doch Herr Christen macht mir einen Strich durch die Rechnung.

»So, Herrschaften, los geht's. Wir fahren zurück.«

Na, super! Noah gesellt sich zu seiner Jungsgang, und ich trotte neben Sophie her. Schweigend, leicht grummelnd.

Bis Sophie lacht und mich in die Seite boxt. »Mann, wir wollen ihn dir doch nicht ausreden. Wir möchten bloß nicht, dass du traurig bist. Okay?«

»Okay«, gebe ich leise zurück.

»Ist sonst noch was?«, fragt Sophie. »Bist du sauer?«

Ich schüttele nur den Kopf. Schweigend grübele ich vor mich hin.

Als wir aufs Fahrrad steigen, drehe ich mich noch einmal zu Sophie um: »Und ihr findet wirklich, dass diese Jenny wie Selena Gomez aussieht?«

Sophie und Anne nicken. »Ehrlich gesagt ist das unser neuer Spitzname für sie.«

Super. Dann kann ich ja einpacken.

09

»LU, DU KOMMST aus Hamburg, bist vierzehn, Schülerin, wohnst bei deinen Eltern, hast keine Geschwister, aber immer Hunger, und dein sehnlichster Wunsch ist eine Schildkröte.«

Ich nicke. »Ja, und Sie, Herr Jauch, was ist Ihr sehnlichster Wunsch? Ein Mal bei *Let's Dance* dabei zu sein?«

Das Publikum lacht und applaudiert.

Max neigt den Kopf zur Seite und lacht verschmitzt. »Na, da haben wir ja eine ganz kesse Kandidatin? Wer bringt euch Hamburger Schülern denn so was bei?«

»Unser Lehrer Herr Christen, er ist auch mein Telefonjoker, können Sie ihn bitte anrufen, ich weiß nicht weiter.«

Max lehnt sich genüsslich in seinem Stuhl zurück, reißt die Augen weit auf und erntet Szenenapplaus. Er imitiert den Moderator echt gut. »Äh, aber ich habe doch noch gar keine Frage gestellt.«

Ich winke ab. »Ist mir schon klar. Aber Herr Christen hat einfach auf alles eine Antwort. Selbst wenn er nicht gefragt wird.« Unser Lehrer verdreht grinsend die Augen.

Ich finde, wir machen das grandios.

Heute steht mal kein Ausflug auf dem Programm. Herr Christen und Frau Schütze haben sich ein paar lustige Spiele ausgedacht, damit wir uns besser kennenlernen. In Zweiergruppen sollten wir einen Sketch einstudieren. Ich war ein bisschen eifersüchtig auf Sarah, die mit Noah in einem Team gelandet ist. Allerdings hat sie sich in ihrem Sketch so schlecht geschlagen, dass ich sie als Konkurrentin streichen konnte.

»Hallo, spreche ich mit Herrn Christen?«, fragt Max in den Raum hinein. Der Angesprochene zögert kurz und bejaht dann die Frage. »Brauchen Sie immer so lange, um auf die Fragen Ihrer Schüler zu antworten, Sie Schildkröte?« Max ist komplett in seinem Element. Den vorwitzigen Jauch könnte er sofort doubeln. »Das wäre schlecht«, fährt unser Talkmaster fort. »Sie haben nämlich nur dreißig Sekunden Zeit.«

»Ich strenge mich an«, sagt Herr Christen eifrig und spielt unser Spiel, ohne zu murren, mit. »Bei wie viel Euro ist sie denn?«, fragt er noch.

»Ja, das ist das Sensationelle!«, posaunt Max in einem Beifall heischenden Ton heraus. »Das hat es bei *Wer wird Millionär?* noch nie gegeben.«

»Oh mein Gott, ist sie etwa bei der Millionenfrage?« Ich finde, Herr Christen gäbe auch keinen schlechten Schauspieler ab.

»Nein, viel besser«, erwidert Max feixend. »Sie ist bei der Null-Euro-Frage.«

»Waaaaaas, ehrlich?« Unsere Schulkameraden, die das Publikum spielen, kichern.

»Und jetzt bitte die Frage!« Max sieht mich auffordernd an.

»Hallo. Wer bin ich? A: Lu, B: Schuh, C: Winnie Puuh oder D: Kuh?«

Die Antwort geht im tosenden Applaus unter.

»Hey, das ist super!« Sophie pfeift auf ihren Fingern, was ich zu gerne könnte.

Sofort legt Herr Christen eine Fingerpfeif-Stunde ein. Der Mann ist wie ausgewechselt.

»Hast du irgendwo die Berliner gesehen?«, frage ich Sophie leise, nachdem ich mich von den anderen habe feiern lassen und auch einen bewundernden Blick von Noah erhascht habe. Gut, vielleicht war der auch Günther Jauch alias Max gewidmet. Leider kann ich mich nicht lange in meinem Erfolg sonnen, weil ich einfach andere Sorgen habe. Und die kommen aus der Hauptstadt.

»Nö, die machen, glaube ich, einen Ausflug.«

»Gut. Geht der Ausflug nach Alaska?«, frage ich zurück. Mir gefällt der Gedanke, Jenny könne nur eine Fata Morgana oder ein Alien gewesen sein.

Für den nächsten Act gehen wir an den Strand. Sophie und Anne haben sich als Joko und Klaas aus dem Fernsehen verkleidet. Anne trägt eine Brille, Sophie macht den Klaas. Genau wie in der Show stellen sie sich gegenseitig Aufgaben, die so bekloppt sind, dass kein normaler Mensch sie machen würde. Joko und Klaas sind ja schon nackt auf Ziegen in Indien geritten oder haben sich Eier in die Stirn einnähen lassen. Alles unter der Überschrift: *Bitte nicht nachmachen.*

Die abgeschwächte, aber nicht minder lustige Version davon liefern meine beiden Freundinnen. Die eine moderiert, die andere muss eine durchgedrehte Mutprobe bestehen. Sophie soll mindestens zehn Schritte im Handstand am Strand schaffen und dabei ein Lied singen, in dem die Wörter *Sand, Amrum, Herz, Klasse, Hund, Schule* und *Waffel* vorkommen. Im vierten Anlauf legt Sophie ein paar Handstandschritte hin und singt: »Unsere Klasse ist 'ne coole. Denn wir müssen nicht zur Schule.« Kurz bevor sie gackernd im Sand zusammenbricht, hören wir noch: »Ich mach mich hier zum Affen. Ihr habt einen an der Waffel!«

Wir grölen laut, und Herr Christen muss sich die Brille von der Nase nehmen, um die Lachtränen wegzuwischen. »Du solltest doch Hund nehmen und nicht Affe, Sophie!«

»Der ist ja wie ausgewechselt«, stellt Noah fest, der sich neben mir in den Sand hat fallen lassen. »Vielleicht hat er eine tödliche Krankheit und nicht mehr lange zu leben!?«

Ich überlege, ob das sein könnte. Habe ich nicht mal in der Zeitung gelesen, dass Menschen, denen nicht mehr viel Zeit bleibt, versuchen, sie sinnvoll und gut zu füllen? Dass sie ihre Fehler wiedergutmachen wollen, indem sie anderen Gutes tun, zu denen sie vorher nicht so nett waren? Das würde voll und ganz auf das bisherige Verhältnis von Herrn Christen und unserer Klasse passen.

»Dafür sieht er aber ganz schön lebendig aus«, gebe ich zurück.

Noah grinst. »Stimmt auch wieder. Lass es uns einfach genießen!«

Hat er gerade wirklich gesagt, dass WIR es einfach genießen sollen? Sophies Warnung hin oder her: Genau das werde ich tun.

»Wollen wir mal das Wasser antesten?«, frage ich, ohne vorher nachzudenken.

»Okay, ich ziehe noch kurz meine Schuhe aus.« Noah beginnt, seine Hosenbeine hochzukrempeln. »Wir könnten auch unsere Beine ausziehen!«, sage ich kichernd in Anlehnung an Christens unsägliche Hose.

»Nee, lass mal lieber.«

Wir sind jetzt etwa zehn Meter von den anderen weg und tippen mit unseren Zehen ins Wasser.

»Und? Ist es kalt?«, fragt Noah.

Ich schüttele nur den Kopf. »Nö, ganz angenehm eigentlich, mir ist eh noch so heiß von der Talkshow eben, mit den ganzen Scheinwerfern, weißt du?«, sage ich so beiläufig, als wäre ich täglich Gast in Fernsehsendungen.

»Ach ja, klar«, lässt sich Noah auf die Nummer ein. »Hast du eigentlich schon einen Manager?«

Ich betrachte ihn einen Moment lang und überlege, ob ich weiter rumalbern oder ernst werden soll.

»Nee, noch nicht. Aber vielleicht würde dir ja jemand einfallen, der mich managen könnte?«, sage ich und zwinkere ihm zu.

Ja, wird er sagen, er wüsste jemanden, wobei er auf sich zeigen wird, und dieser Jemand würde nur mal eben ein paar kleine Aufnahmetests durchführen, um zu sehen, ob ich, Lu, tatsächlich zum Star geboren bin. Also Maß nehmen, Kussprobe oder ein Abendessen zu zweit, natürlich rein geschäftlich.

»Wollen wir mal wieder zurück zu den anderen gehen?«, fragt Noah und blickt zu Ben, der mit Max herumblödelt.

Spinn ich, oder will er nicht mit mir alleine sein? Oder ist es ihm – ich wage kaum, es zu denken – einfach zu langweilig mit mir?

»Ja, klar«, erwidere ich möglichst unbeschwert, obwohl ich einen kleinen Stich in der Herzregion spüre.

Der restliche Tag vergeht wie im Flug, und nach dem Abendbrot stößt Jan zur Klasse. »Habt ihr noch Lust auf eine kleine Geschichte im Strandkorb?«

Ich nicke und freue mich über die Abwechslung. Irgendwo aus dem Hintergrund vernehmen wir noch eine Stimme, die sagt: »Aber um 21 Uhr liegen alle in ihren Betten!«

»Ja, ja!«, beruhigt Herr Christen die aufgebrachte Frau Krulle und drückt mir eine Öllampe in die Hand.

»Mann, hat die Haare auf den Zähnen!« Herr Christen schüttelt den Kopf, als er neben Jan zum Strand läuft. »Die ist bestimmt auch noch nie schwarzgefahren oder hat einen Apfel geklaut!«

»Wie sollte sie auch?«, fragt Jan. »Sie hat ihr Leben lang nur hier gewohnt und das Haus wahrscheinlich nie verlassen.« Wir stellen vier Strandkörbe im Halbkreis auf.

Einige von uns lassen sich hineinfallen, der Rest macht es

sich im Sand bequem. Jan hat glücklicherweise an Decken gedacht, denn es ist abends recht kühl am Meer.

»Wusstet ihr, dass hier auf Amrum Diebe unterwegs sind?« Jan macht eine kleine Kunstpause, damit wir reagieren können.

»Echt?«, fragt Jonas.

»Ja, echt«, antwortet Jan ernsthaft. »Hier wird geklaut!«

»Stimmt!« Max springt auf, klopft seinen Körper ab und dreht die Hosentaschen von innen nach außen. »Jemand hat mir mein Handy geklaut!«

Herr Christen grinst und Marie Schütze auch. Vielleicht wird sie ja auch ein wenig lockerer.

»Na ja, Handys interessieren die Diebe hier eigentlich gar nicht«, fährt Jan fort. Er hat eine tiefe Reibeisenstimme, die so schön beruhigend klingt, dass ich sofort einschlafen könnte. »Sie klauen etwas ganz anderes: nämlich Sand.«

»Oha!«, sagt Sophie artig, weil Jan wieder eine Pause gemacht hat.

»Amrum hat den längsten Sandstrand Europas. Und er wird mit den Jahren auch immer breiter.«

»Genau wie meine Oma!«, ruft Max dazwischen.

Jan schmunzelt. »Und wisst ihr, wem wir den Sand klauen?«

Da wir natürlich keine Ahnung haben, erzählt Jan, dass Sylt immer mehr Strand verliert und böse Zungen behaupten würden, dass Amrum sich den Sand stibitzt.

»Das kann zwar allein schon von der Himmelsrichtung nicht hinkommen«, erklärt Jan, »aber den Leuten hier gefällt die Vorstellung, dass wir Amrumer den reichen Syltern etwas klauen.«

Die Geschichte ist zwar nicht so spannend, aber es macht Spaß, Jan zuzuhören. Ich lege mich ganz gemütlich hin und kuschele mich noch fester in die Decke.

»Die Sylter und Amrumer sind sich nicht ganz grün, die mögen sich nicht so recht«, erzählt Jan, und ich schließe leicht die Augen.

»Das ist ein bisschen so wie mit Düsseldorf und Köln«, mischt sich Herr Christen ein. Einmal Erdkundelehrer, immer Erdkundelehrer.

»Das ist wie beim HSV und Bayern«, fasst Max den Sinn noch mal zusammen.

»Mir ist völlig egal, wer da wen nicht mag«, findet Sophie, die immer so sicher wirkt und klar ihre Meinung äußert. Von ihr sollte ich mir eine Scheibe abschneiden.

Ich robbe unauffällig durch den Sand zu Noah, und während alle durcheinanderreden, sage ich ganz leise: »Amrum klaut Sylt den Sand, aber du bist auch ein Dieb.«

Er dreht sich zu mir um. Erstaunt, aber sehr interessiert fragt er zurück: »Wieso das denn?«

Ich rücke noch ein Stück näher an ihn heran und flüstere: »Weil du mein Herz gestohlen hast.«

Noah begreift schnell. Er lächelt, beugt sich ganz dicht an mein Ohr und macht folgenden Vorschlag: »Wenn das so ist, dann solltest du mich vielleicht festnehmen.«

»Gute Idee«, gebe ich gewitzt zurück. »Es ist aber nur noch eine Zwei-Mann-Zelle frei.«

»Darf ich dich dann vielleicht zu einem Candle-Light-Dinner einladen? Es gibt Wasser und Brot – und bei gutem Betragen vielleicht eine Belohnung?«

Statt einer Antwort drücke ich ihm einen sanften Kuss auf den Mund.

Er streichelt meine Hand und möchte noch eins wissen: »Wie lautet denn nun das Urteil?«

Ich schaue ihn sehr offensiv an und werfe meine Haare über die Schulter: »Lebenslänglich!«

»Was ist denn hier los?«, schallt eine Stimme an mein Ohr.

Ich schrecke aus meinen Tagträumen auf und setze mich automatisch wieder gerade hin. Wie aus dem Nichts ist die Krulle neben den Strandkörben aufgetaucht.

»Oh, sie wagt sich ja doch ins Freie!«, feixt Herr Christen kaum hörbar.

»Aber nur nachts«, zischt Jan grinsend.

»Es ist kurz nach neun. Ich möchte darauf hinweisen, dass Sie gegen die Hausordnung verstoßen. Und einige der Kinder schlafen ja sogar schon.« Ich glaube, sie hat auf mich gezeigt. »Ich bekomme Ärger mit den Erziehungsberechtigten, wenn die Kinder jetzt nicht ins Bett gehen«, sagt Frau Krulle.

»Unsere Eltern kriegen doch gar nichts davon mit«, meint Max.

Im schummrigen Abendlicht kann die Landschulheimschrulle Gott sei Dank nicht ausmachen, von wem der freche Einwand kam.

»Herr Christen, sorgen Sie bitte dafür, dass die Kinder in fünf Minuten in ihren Betten liegen. Die Berliner Schüler schlafen auch schon.« Sie wirft auch Jan einen tadelnden Blick zu. »Haben Sie keine Uhr?«

»Doch, aber die ist noch auf Winterzeit eingestellt«, erklärt Jan.

An seinem Blick ist nicht zu erkennen, ob das stimmt oder die beste Ausrede der Welt war.

»Dann mal los! Da haben wir wohl ganz und gar die Zeit vergessen!« Herr Christen treibt uns an wie eine Rinderherde. »Kommt nicht wieder vor«, ruft er so laut, dass auch Frau Krulle es hört.

»Och, nööö. War grad so schön!«, jammert Anne.

Sophie zieht auch eine Schnute, denn sie wollte gerade die Sternbilder deuten.

»Ich hab auch noch keine Lust, schlafen zu gehen. Wir sind doch keine Babys mehr.« Noah lässt sich nur widerwillig von Jan hochziehen.

Der Abend ist lau, und wäre die Schrulle nicht gewesen, hätten wir uns glatt wie Erwachsene fühlen können, die so lange, wie sie wollen, in den Sternenhimmel gucken können. Und vielleicht hätte ich dann meinen Plan, der in der Phantasie so perfekt geklappt hat, auch in die Tat umsetzen können.

10

HELLWACH liege ich in unserem Etagenbett und kann nicht einschlafen. Ich habe Durst und schlechte Laune.

Was nützt es mir, dass mir in Gedanken lustige, schlagfertige Sätze einfallen, wenn ich sie nie über die Lippen bekomme? Sobald es um Jungs geht, um Küssen, Liebe, Zusammensein, ist meine Zunge wie gelähmt. Die guten Sprüche fallen mir dann immer erst viel später ein, wenn die Situation schon lange vorbei ist. Das ärgert mich.

Da wir im Zimmer keine Wasserflasche mehr haben, tapere ich im Dunkeln durch den Gang zu den Waschräumen.

Dort drehe ich den Wasserhahn auf, hänge meinen Kopf drunter und trinke ein paar Schlucke. Plötzlich höre ich ein Geräusch, was mich so erschreckt, dass ich mit dem Kopf gegen den Hahn stoße. Autsch, tut das weh. Leise schleiche ich zur Tür und schiele auf den langen Gang.

Aus einem der Zimmer ist ein Mädchen gekommen. Sie läuft schnurstracks zur Treppe. Lasziver Gang, wehende Haare. Da es so dunkel ist, kann ich nicht wirklich erkennen, um wen es sich handelt. Ich habe aber eine Ahnung.

Eine schlimme Vermutung. Die Frau, die sogar von hinten besser aussieht als ich.

Selena Gomez!

Wo will die denn hin?

Ich überlege kurz, ob ich zurück in mein Zimmer und wieder ins Bett gehen soll oder vielleicht doch lieber …? Die Neugierde siegt.

So leise wie möglich eile ich die Treppe hinunter. Bloß nicht die Krulle wecken! Die würde ausrasten, wenn sie uns nachts im Jungstrakt erwischt! Ich verstecke mich hinter einem Mauervorsprung.

Nun kann ich das Mädchen erkennen. Es ist tatsächlich Jenny! Sie klopft an eine der Türen. Ich glaube, meinen Augen nicht zu trauen! Ob sie sich im Gang geirrt hat? Nein, vertan kann sie sich eigentlich nicht haben, die Frau weiß genau, was sie tut. Nach einem zweiten Klopfen geht die Tür auf, und ich höre Jenny etwas flüstern. Leider stehe ich zu weit weg, um zu hören, was geredet wird. Mir reicht aber schon, was ich sehe. Nämlich dass Noah, Ben und Max kurz darauf in voller Montur ihr Zimmer verlassen und gemeinsam mit Jenny zum Speisesaal gehen. Was wollen sie denn da? Sich einen Nachtsnack genehmigen? Mein Herz schlägt so laut, dass ich Angst habe, ich könnte mich dadurch verraten. Wie kommt diese Berliner Zicke auf die Idee, bei *unseren* Jungs nachts an die Tür zu klopfen? Ganz oder gar nicht, Lu, sage ich mir und husche der Hamburg-Berlin-Crew hinterher.

Ja, ich weiß, es gibt Menschen, die beten jeden Abend.

Das habe ich vielleicht ein wenig vernachlässigt in letzter Zeit. Dafür sende ich jetzt ein Stoßgebet zum Himmel: Bitte, lieber Gott, mach, dass mich keiner bemerkt – und dass es eine ganz einfache Erklärung für dieses nächtliche Treffen hier gibt.

Vielleicht haben unsere Lehrer angeordnet, dass die vier für morgen früh den Tisch decken sollen. Oder vielleicht sollen sie Brot fürs Frühstück backen. Ach, so ein Blödsinn, aber man klammert sich ja an jeden Strohhalm. Mein einziger Trost ist, dass Jenny nicht alleine mit Noah unterwegs ist.

Hoffentlich entdecken sie mich nicht. Wie dumm würde ich dastehen, als Schnüfflerin. Doch ich MUSS einfach wissen, was Jenny und die Jungs da treiben.

Als ich leise die Tür zum Speisesaal aufstoße, sehe ich, dass eins der Fenster nur angelehnt ist. Offenbar sind sie hinausgeklettert. Ich nehme denselben Weg und ärgere mich, dass ich nicht Sophie mitgenommen habe.

In einiger Entfernung höre ich Jenny kichern. Wahrscheinlich sind die vier auf dem Weg zum Strand. Leise schleiche ich hinter ihnen her.

Und tatsächlich: Dort, wo wir vorhin noch Jan gelauscht haben, machen es sich jetzt Jenny und die drei Jungs bequem. Ich halte mich hinter einer Düne versteckt. Leider – oder vielleicht glücklicherweise – kann ich nur Fetzen des Gesprächs verstehen:

»Ja, das ist eine ganz teure Jeans.«

»Mein Vater ist Anwalt.«

»Ich kann Karate.«

Seit wann sind unsere Jungs solch Poser? Mir wird übel.

Doch was mich am allermeisten aufregt: Wie schafft diese Jenny es, gleich drei Jungs mitten in der Nacht aus ihrem Zimmer an den Strand zu locken? Finde ich das mutig? Oder eher dreist? Im Grunde bin ich natürlich ein wenig neidisch auf Jenny, denn ich würde mich nie im Leben trauen, nachts bei Noah zu klopfen. Stattdessen hocke ich wie eine Kreuzkröte in den Dünen und friere mir gerade den Allerwertesten ab. Langsam komme ich mir etwas erbärmlich vor.

»Na, Lu, beobachtest du Fledermäuse?«

Ich schrecke hoch und erkenne Jan, der direkt neben mir steht. Da ich viel zu sehr mit der Vierergruppe am Strand beschäftigt war, habe ich ihn überhaupt nicht bemerkt.

»Äh, nein, ich beobachte Elstern. Diebische Elstern!«, erwidere ich in Anspielung auf Jans Geschichte. Nur diesmal geht es wohl oder übel um ein Mädchen, das mir etwas gestohlen hat. Was mir, ehrlicherweise, noch nicht einmal gehört.

»Elstern, ja?«, sagt Jan lachend und blickt dabei in Richtung der Strandgang. Die Situation ist zu blöd. Einerseits möchte ich die vier nicht verpetzen, andererseits wäre es mir am liebsten, wenn Jenny sofort nach Hause geschickt werden würde.

»Ich werde den Herrschaften im Strandkorb gleich mal die Leviten lesen«, erklärt Jan. »Am besten, du gehst schon mal zurück zur Jugendherberge.«

Unschlüssig bleibe ich stehen. Ich fühle mich innerlich so zerrissen. Wie gern würde ich Noah zur Rede stellen! Doch was kann ich ihm schon vorwerfen?

»Lu, mach dich jetzt besser auf den Rückweg.« Jan schiebt mich sanft in Richtung Landschulheim.

Ich nicke kurz, drehe mich um und freue mich, dass dieser weise Mann mich gerade vor der größten Blamage meines Lebens bewahrt hat.

Schließlich würde niemand gern seinem Schwarm im Snoopy-Schlafanzug begegnen.

11

»KENNT IHR DEN?«

Es ist kurz nach zehn Uhr morgens und schon sommerlich warm. Heute wird bestimmt ein heißer Tag. Vielleicht können wir nachher sogar baden gehen, wenn Flut ist?

Im Moment ist das Meer nämlich nicht zu sehen. Wir stapfen in Gummistiefeln mit Jan durchs Watt, immer darauf bedacht, uns nicht zu weit von der Gruppe zu entfernen. So eine Wanderung ist nicht so harmlos, wie man denkt. Trotzdem hat unser Wattführer immer noch einen Witz auf Lager.

»Wieso gibt es auf Amrum Ebbe und Flut?« Jan dreht sich um und blickt in unsere fragenden Gesichter.

Mir zwinkert er kurz zu, aber vielleicht bilde ich mir das auch ein. Als ich ihn heute Morgen beim Frühstück getroffen habe, hat er keine Miene verzogen. Noah, Ben und Max gehen ein paar Schritte hinter uns und haben noch nicht einen einzigen blöden Spruch gerissen. Jan hat ihnen bestimmt gehörig den Kopf gewaschen, sie aber sicher nicht bei unserem Lehrer verpetzt.

»Ach, Stadtkinder«, sagt er lachend. »Als die Amrumer das erste Mal ans Meer kamen, erschrak sich das Wasser so sehr, dass es sich zurückzog. Und jetzt kommt das Wasser immer mal wieder, um zu gucken, ob wir noch da sind.«

Erst hatte Jan vorgeschlagen, die acht Kilometer bis Föhr zu Fuß zu laufen. Das war uns aber viel zu weit gewesen.

»Bei einer Wattwanderung«, warnt uns Jan, »muss man wirklich vorsichtig sein. Man sollte genau wissen, wann die Flut einsetzt, und dann möglichst schon vor dem absoluten Niedrigwasser losgehen.« Er erklärt, dass es dafür einen Gezeitenkalender gibt, in dem man nachsehen kann, wann das Wasser den höchsten und wann den niedrigsten Stand erreicht hat.

»Man kann in den Prielen leicht einsacken, da ist es ganz schön matschig«, fährt Jan fort, und Herr Christen hebt den Finger, damit auch alle seine Schäflein zuhören und niemand im Schlick verloren geht. »In den Prielen kann es auch Strömungen geben, aber ich kenne die Biester hier in- und auswendig. Ihr braucht also keine Angst zu haben. Aber tut mir einen Gefallen und marschiert bitte nicht auf eigene Faust ins Watt!«

Jan klingt ernst, aber ich höre ihm nur mit halbem Ohr zu. Wie in Trance wate ich durchs Watt und denke über die gestrige Nacht nach.

Ich muss endlich selbstbewusster werden. Und ich muss versuchen, das Beste aus mir zu machen. Darum habe ich mir heute meine neuen Jeansshorts mit dem weißen Bündchen angezogen. Die, die ich neulich gemeinsam mit Sophie und Anne gekauft habe. In der meine Beine angeblich besonders gut zur Geltung kommen.

»Was meinst du denn damit, du willst dich neu erfinden?« Sophie tappt neben mir her und schaut mich aufmerksam an. Sie ist die Einzige, der ich von der vergangenen Nacht erzählt habe. Unter Androhung schlimmster Strafen wie »Nicht mehr von meinem Schulbrot abbeißen« oder »Keine Klamotten mehr tauschen« habe ich sie gebeten, es nieeeemandem jemals weiterzuerzählen.

»Wieso sollte ich?«, hatte sie nur geantwortet, und in ihrem entschlossenen Blick sah ich, dass sie selbst dann zu mir halten würde, wenn ich Noah vor Jennys Augen eine Ladung Meerwasser über den Kopf gekippt hätte. »Ich will ihm zeigen, dass ich unabhängig und selbstbewusst bin. Also, ich will nicht mehr so an ihm dranhängen.«

»Das ist schon mal gut!«, lobt mich Sophie. An ihrer Mimik ist nicht zu erkennen, ob sie denkt, dass ich das sowieso nicht schaffe.

»Also, entweder er sieht, dass ich 'ne neue Jeans anhabe, oder …«, fange ich an zu erklären.

»Oder?«, fragt Sophie.

»Oder er hat Pech gehabt«, beende ich den Satz.

»So gefällst du mir, Lu!«

Jan zeigt uns die Wattbewohner, von der Strandkrabbe bis zur Sandklaffmuschel.

Gerade spricht er über die Pfuhlschnepfe. Bei dem Wort Schnepfe muss ich unweigerlich an Jenny denken. Ob sie schon die nächste Nachtwanderung mit unseren Jungs plant?

Jan hat noch ein Ass im Ärmel. »Ich weiß, ihr habt keine Lust mehr, weiter zu Fuß zu laufen. Aber wie wär's mit einer anderen Möglichkeit, sich fortzubewegen?«

Wir haben wieder den Strandabschnitt erreicht, an dem unser Landschulheim liegt. »Noah, Max, Ben, kommt mal mit. Sie auch, Herr Christen, wir müssen was schleppen.«

Gespannt lassen wir uns im Sand nieder und warten, was die Jungs bringen. Mir ist klar, dass Jan die drei ausgewählt hat, um ihnen eine Art Strafarbeit aufzubrummen. Kurze Zeit später sind sie zurück – mit alten Autoreifen, Seilen, Plastiktonnen und Brettern.

»Was machen wir denn damit?«

»Sollen wir damit ein Auto bauen?«

»Ein Strandmobil?«

Während alle wild durcheinanderreden, sitzt Herr Christen erschöpft im Sand. Ob Jan ihn absichtlich die schweren Holzbalken hat tragen lassen? Da merkt unser Lehrer mal, wie es ist, wenn er im Sportunterricht immer nur faul an der Seitenauslinie steht und uns die Kästen und Medizinbälle holen lässt.

»Ihr sollt ein Floß daraus bauen! Ich teile euch jetzt in Gruppen ein«, klärt uns Jan auf. Danach will er mit uns ein Wettrennen auf dem Wasser veranstalten. »Bis dahin ist Flut. Mal sehen, wie weit euch eure Flöße tragen.«

Ich bin wahnsinnig aufgeregt wegen der coolen Aktion.

Jan bestimmt Sophie und mich und ein paar andere, um jeweils per Piss-Pott die Teams zusammenzustellen. Wir legen los.

Mein Fuß landet auf Sophies, womit ich die erste Wahl habe.

Ich schaue lange in die Runde und entscheide mich für Anne.

Täusche ich mich, oder blickt Noah irritiert auf, weil ich nicht gleich ihn in mein Team gewählt habe? Sophie hat meinen Plan durchschaut und lässt Noah ebenfalls links liegen. Ganz am Ende, als niemand anderes mehr übrig ist, blicke ich gelangweilt zu ihm und sage: »Ach, du bist ja auch noch da. Na gut, dann komm mal her.«

Sophie dreht sich zur Seite, weil sie so lachen muss. »Übertreib es nicht, Lu«, wispert sie mir zu.

Noah geht, wie ich finde, sehr geschickt zu Werke, als er ein paar Holzbretter ausmisst. Doch wahrscheinlich bin ich so verstrahlt, dass ich auch gefunden hätte, dass er gut backen, stricken oder stepptanzen kann.

Aber genau das werde ich ihm nicht mehr so offensichtlich zeigen. Ich beachte ihn also nicht weiter, sondern mache mich selbst ans Bauen. Das bringt richtig Spaß.

»Kann jemand von euch einen richtigen Seemannsknoten?«, frage ich in die Runde.

Anne, die in meiner Gruppe ist, meldet sich. »Klar, das hat mir Papa beim Segeln beigebracht.« Sie zeigt uns jede Menge Knoten, unter anderem den einfachen Palstek. Ich wusste gar nicht, dass Anne sich damit auskennt.

»Sie halten fest, wenn sie halten sollen, lassen sich aber auch ganz leicht wieder lösen!«, doziert sie stolz.

»Also, ihr nehmt das kurze Ende des Seils in die rechte

Hand, das lange in die linke.« Unsere Gruppe folgt strikt den Anweisungen von Anne. »Mit der rechten Hand auf der linken legt ihr ein Auge, dann führt ihr das kurze Ende durch das Auge, um das lange Ende herum und zurück durch das Auge. Und dann zieht ihr die beiden Enden schön fest!«

Kurze Zeit später haben wir einige Holzbalken um die Autoreifen vertäut. Zu viert passen wir schon auf das Floß. Die anderen Gruppen sind auch eifrig bei der Arbeit. Nur Marie Schütze sitzt etwas abseits im Sand und schaut unbeteiligt in die Ferne. Wieso ist diese Langweilerin eigentlich mit auf Klassenfahrt gekommen, wenn sie zu nichts Lust hat?

»Ich verstehe nicht, wieso die so bocklos ist«, raune ich Anne zu. »Vergiss die Schütze«, antwortet sie. »Schade nur, dass Karla auch schon wieder wie sieben Tage Regenwetter aussieht.«

»Hey, Karla!«, rufe ich ihr zu.

Karla trottet zu mir und lässt sich in den Sand fallen.

»Mach doch mal mit«, fordere ich sie auf.

Sie zuckt nur mit den Schultern, lässt ein wenig Sand durch ihre Hand rieseln und murmelt etwas, das so klingt wie: »Mit meinen Eltern habe ich auch mal eine Bootstour gemacht.«

Wie kann sie denn nur die ganze Zeit an ihre Eltern denken? Endlich gibt's mal schul- und elternfrei, und Karla hat Heimweh wie eine Vierjährige.

Gemeinsam mit Herrn Christen und Jan schleifen wir unser Floß zum Wasser und klettern vorsichtig drauf. Ich freue mich über die Abkühlung, denn die Sonne knallt ganz schön. Sophies Gruppe hat noch nicht mal zwei Holzbalken zusammengebunden, motzt lautstark herum und wird vermutlich auch bis Weihnachten nichts zustande bekommen, was auch nur entfernt an ein Floß erinnert. Die anderen Gruppen sind ähnlich weit wie wir.

»Vorsichtig beim Aufsteigen!«, sagt Jan, als wir unsere Sachen ausgezogen haben und uns in Badehosen und Badeanzügen aufs Wasser wagen.

Ich mag es, dass er das Kommando übernimmt. Bei ihm fühle ich mich immer sicher. Egal, ob er mich übers Wasser lotst oder durch eine Wüste führen würde. Wie würde ich mir wünschen, dass Noah mal meine Oase sein könnte, der Geborgenheit, der Ruhe. Aber er wirkt oft so, als würde er nicht einmal wissen, ob er eher ein Sand- oder ein Wassertyp ist.

Als Max sich als Letzter aufs Floß schmeißt, schwankt und wankt es gewaltig. »Ahhh, ich glaube, hier reißt was!«, ruft Max.

»Wo?«, fragt Anne.

»Hier hinten links.«

»Backbord, meinst du?!«, rügt sie ihn.

Grinsend salutiert Max. »Aye, aye, Käpt'n!«

Ich lache laut auf, und Noah gibt mir ein Zeichen, mich nicht zu viel zu bewegen.

»Steuerbord alles okay!«, melde ich mich zu Wort.

Noah grinst. »Na, du bist wohl eine richtige Seemannsbraut, was?«

Anne schmunzelt. »Pass bloß auf, dass er dir nicht zu viel Seemannsgarn erzählt«, warnt sie mich, aber ich höre gar nicht mehr richtig hin.

Denn Noah und ich sitzen auf einmal so dicht nebeneinander, dass sich unsere Finger berühren könnten. Was sie nicht tun. Ich wage nicht zu atmen, schließlich würde das Floß sonst unnötig ins Schlingern geraten. Und das wollen wir natürlich nicht. Noah macht keine Anstalten, seine Hand auch nur einen Zentimeter weiter in meine Richtung zu bewegen. Ich werte dies als Desinteresse, aber vielleicht will er auch bloß verhindern, dass wir aus dem Gleichgewicht geraten und kentern.

Ich finde es so wahnsinnig schwierig, die Initiative zu ergreifen, wenn man nicht weiß, wie der andere reagiert. Niemand möchte gern zurückgewiesen werden. Doch was, wenn es ihm genauso geht? Vielleicht sollte ich einfach mal den ersten Schritt wagen? Auch auf die Gefahr hin, eine Abfuhr zu kassieren? Sonst finden wir wahrscheinlich nie heraus, ob aus uns was geworden wäre.

Wie schrecklich, wenn ich mir vorstelle, ich würde erst bei der silbernen Abifeier erfahren, wie verknallt er damals in mich war. Und dann wäre es natürlich zu spät, weil ich selber schon drei Kinder hätte und mit dem Falschen verheiratet wäre! So eine Geschichte hat mir meine Oma mal erzählt. Keine Ahnung, ob sie von sich selber gesprochen hat und Opa der Falsche war.

Anne und Max rudern wie verrückt mit je einem Holzbalken, um gegen die Wellen anzukommen. Das ist ganz schön schwer. Richtig weit kommen wir auch nicht. Wir liegen vielleicht ein paar Paddellängen vor dem Ziel, als sich ein Reifen löst und unser Floß auseinanderbricht.

»Ahh!«, rufe ich und falle nach rechts ins Wasser.

Da wir parallel zum Strand gepaddelt sind, ist das Meer hier zum Glück nicht tief. Ich schnappe mir einen Autoreifen und schiebe ihn durchs Wasser zurück zum Strand. Es ist herrlich, das Meer. Fast so schön wie in der Karibik. Na gut, dort ist das Wasser wahrscheinlich warm wie in der Badewanne, während man hier eher eine kalte Dusche bekommt. Doch im Moment fühle ich mich rundum wohl. Meine Haare sind nass, und meine Haut schmeckt nach Salz. Phantastisch.

»Na, Anne, wer hat denn bei euch den Knoten nicht richtig gebunden?«, will Jan lachend wissen.

»Max hat links und rechts durcheinanderbekommen!«, weist Anne jede Schuld von sich.

»Du meinst, Steuerbord und Backbord?«, fragt Max zurück.

Ich blicke zu Sophies Gruppe, deren Floß immer noch nicht fertig ist.

»Helft ihr mir, die Sachen wieder in den Schuppen zu tragen?«, fragt Jan.

Ben zeigt auf unseren Lehrer. »Herr Christen soll das wieder machen, er hat schließlich nicht beim Bauen geholfen. Wir sind total fertig.«

Herr Christen wirft Ben einen gespielt bösen Blick zu, greift sich aber zwei, drei Bretter und marschiert dann mit seiner Funktionshose, aber »ohne Beine«, und mit nackten Füßen los. Die Einzigen, die keine gute Laune haben, sind Marie Schütze und Karla. Unsere Referendarin sitzt immer noch genervt im Sand, und Karla sieht so aus, als sei sie gerade beim Abschreiben erwischt worden.

12

BEIM ABENDBROT essen wir mit den Berlinern zusammen, was mir gründlich den Appetit verdirbt. Statt mich an der Kartoffelsuppe satt zu essen, linse ich immer wieder verstohlen zum Tisch der Hauptstädterinnen.

Vielleicht täusche ich mich, aber Jenny scheint heute besonders laut zu lachen. Aufmerksamkeit heischen nennt man das. Als ein Junge um eine Scheibe Brot bittet, schleudert Jenny sie wie einen Frisbee quer über den Tisch. Da sie eine grottenschlechte Werferin ist, gelingt es dem Jungen nicht, das Brot zu fangen, und es fällt auf den Boden. Jenny lacht hysterisch und schielt zu Noahs Tisch rüber.

Ich finde das erbärmlich. Dass sie hofft, ihm zu gefallen, wenn sie mit Lebensmitteln um sich wirft. Darauf wird er ja wohl nicht reagieren. Entsetzt stelle ich fest, dass Noah Jenny ebenfalls aus den Augenwinkeln beobachtet.

»Hey, möchtest du auch ein Brot?«, ruft Jenny ihm zu.

»Ja, gern. Immer her damit!«, erwidert Noah.

Er ist sich offenbar nicht zu schade, auch noch bei der albernen Aktion mitzumachen. Na ja, wer nasse Schwämme auf Lehrerstühle legt, sinkt ganz schnell noch tiefer herab. Gut, da war er in der vierten Klasse, aber die Sache mit dem Graubrot zeigt, dass er sich kaum verändert hat. Wie lange wir uns schon kennen. Und dabei kennen wir uns überhaupt nicht.

»Hier, fang!«, ruft Jenny zurück und schmeißt tatsächlich noch eine Scheibe Brot in Richtung unseres Jungstischs. Meine Güte, ist die ungeschickt. Das Brot verfehlt sein Ziel wieder um ein paar Zentimeter.

Sophie stöhnt und stupst mich am Arm. »Starr da nicht so hin. Das ist so albern.«

»Die hat eine ganz miserable Wurftechnik!«, flüstere ich missmutig.

Sophie lacht und schlägt sich an den Kopf. »Ja, ich weiß, an dich Profi-Volleyballerin kommt sie nicht ran. Aber es gibt ja auch noch andere Fähigkeiten außer einem guten Wurf oder Ballgefühl. Obwohl, bei Jenny …«

Wir amüsieren uns beide, allerdings nur kurz. Mit Entsetzen höre ich nämlich, dass Noah über die missglückten Würfe der blöden Ziege lacht.

In dem Moment durchbricht eine laut keifende Stimme den Tumult: »Wenn ich das noch ein Mal sehe, Mädel, dann kannst du morgen früh deine Koffer packen!«

Die gute Frau Krulle! Der rettende Engel in der Not! Sie spricht mir aus dem Herzen. Ab heute werde ich ihren Namen in Ehren halten.

Herr Christen nickt zustimmend. »Zu locker muss man nun auch nicht sein«, bemerkt er leise mit einem Blick auf seinen Berliner Kollegen, der die ganze Aktion ignoriert hat.

Jenny löffelt nun still die Suppe aus, die sie sich selbst eingebrockt hat. Ha, so gefällt sie mir schon viel besser!

»Wie die sich hier aufführt!«

Ich schrecke hoch, weil rechts neben mir gesprochen wird. Es kommt einfach so selten vor, dass Karla etwas sagt. Normalerweise ist sie komplett in ihrer eigenen Welt verschollen, sodass man nur hoffen kann, dass sie zu sich selber findet, wenn wir schon vergeblich den Weg suchen.

»Allerdings. Jenny hält sich offenbar für etwas ganz Besonderes«, stimme ich ihr zu, glücklich, dass ich bei Karla ein offenes Ohr für mein Thema Nummer eins gefunden habe. Sophie gegenüber habe ich nämlich schon ein schlechtes Gewissen, weil sie seit Tagen nur noch Sätze hört, in denen entweder das Wort »Noah« oder »Jenny« vorkommt. Oder alle beide.

»Nein, die meine ich gar nicht«, unterbricht mich Karla.

Ich stocke und schaue sie entgeistert an. »Ach, nicht?«

»Nein, ich finde die Krulle total beknackt. Wie die hier immer rumkeift! Genau wie meine Mutter. Da muss sie sich nicht wundern, wenn Jan eines Tages die Koffer packt!«

»Ja, sicher, aber ich find's auch nicht lustig, dass Jenny mit dem Brot wirft.«

»Ach, sei doch nicht so eine Spaßbremse!«

Nun bin ich wirklich irritiert. Karla nimmt Jenny in Schutz und nennt mich eine Spaßbremse? Seit wann hat Karla Spaß? Vielleicht sollte sie mal vor der eigenen Haustür kehren, wie meine Oma sagen würde. Ich möchte wirklich nicht gemein sein, aber es ist nun einmal so, dass meine Mitschülerin fast immer aussieht wie Hamburg im November. Keiner von uns weiß wirklich, welche Grautöne in ihrem Hirn vorherrschen und ob es möglich ist, diese zu verwischen und durch ein kräftiges Blau zu übertünchen. Jetzt, da sie von Spaß spricht, hängen ihre Mundwinkel so weit herunter, dass man sie am liebsten auf den Kopf stellen würde, um sie mal lachen zu sehen.

»Sorry, Lu, aber man muss doch beim Abendbrot auch mal Spaß haben können!«, faselt Karla leise vor sich hin.

Auch wenn ich mich ungern eine Spaßbremse nennen lasse, antworte ich nicht. Im Moment bin ich vollauf damit beschäftigt, Noah zu belauschen. Sagt er noch irgendetwas über die Berliner? Nicht dass er eine weitere Nachtwanderung plant? Ich glaube, das würde ich nicht überleben. Allein die Vorstellung, er könne nachts durchs Landschulheim schleichen, aus dem Fenster klettern, an den Strand gehen und Sterne zählen. Und zwar nicht mit mir.

»Morgen gehen wir auf den Waldlehrpfad, egal, wie das Wetter wird!«, verkündet Herr Christen und beendet damit das Abendessen.

Wir beschließen, noch eine Runde Tischtennis zu spielen, was besonders witzig ist, weil wir nicht genügend Tischtennisschläger haben. Einige spielen mit der nackten Hand, andere holen sich ein Brettchen aus der Küche, Ben spielt sogar mit einem Buch.

»Pass auf, dass die Buchstaben nicht rausfallen, so hart,

wie du schlägst«, warnt Herr Christen lachend, der gerade vorbeikommt.

Ben schlägt daraufhin prompt vorbei und scheidet aus.

»Du könntest auch Bücher schreiben«, sagt eine schleimige Stimme hinter uns.

Ich muss mich nicht umdrehen, um zu wissen, wem diese Stimme gehört. Nirgends sind wir vor der Berliner Schulklasse sicher. Wo sollen sie auch hin? Bettruhe ist erst in einer knappen Stunde. Ich stehe in der Schlange an der Tischtennisplatte und verdrehe die Augen. Damit handele ich mir einen Fußtritt von Sophie ein.

»Meinst du mich?«, fragt Ben.

»Nö. Ihn!«, sagt sie und zeigt auf Noah. »Er hat so was Poetisches, gemischt mit einer großen Portion Humor. Das findet man nicht bei vielen Jungs.«

Diesmal bin ich diejenige, die sich irritieren lässt und den Ball meterweit ins Aus schlägt.

»So was Poetisches, so viel Humor«, äffe ich Jenny leise nach.

»Was hast du denn?«, fragt Noah, der neben mir auftaucht, nachdem er ebenfalls ausgeschieden ist.

»Nichts. Ich überlege mir nur, wie dein erstes Buch wohl heißen wird.« Vermutlich klinge ich eine Spur zu zickig.

Aber Noah grinst nur. »Wie denn?«

»Du könntest ein Zitat aus einem Jan-Delay-Song nehmen«, schlage ich vor und versuche, möglichst locker zu klingen. *»Berlin, Berlin, du kannst so hässlich sein.«*

Noah grinst und beugt sich zu mir. »Das wär cool«, sagt

er. »Nach Berlin würde ich wirklich gerne mal. Da kann man bestimmt super Party machen.« Prompt verwickelt er Jenny in ein Gespräch über die Hauptstadt, und ich könnte mich ohrfeigen dafür, dass ich mir selber ein Bein gestellt habe.

Karla taucht neben mir auf und fragt, warum ich so traurig aussehe. Das muss gerade *sie* fragen.

»*Berlin, Berlin, du kannst so hässlich sein*«, wiederhole ich nur.

Vermutlich wird sie überhaupt nicht verstehen, was ich mit diesem Spruch meine.

»Ich find München noch viel blöder«, entgegnet Karla.

»Ach ja?«, frage ich, um nicht weiter Noah und Jenny zuhören zu müssen. »Warst du schon mal da?«

»Nein«, antwortet Karla, »ich will auch möglichst nie hin.« Sie nimmt ihre Jacke und lässt mich mit einem großen Fragezeichen im Gesicht im Hof zurück.

Bei uns im Zimmer ist es wie in einer Achterbahn: Mal ist die Stimmung super, dann wieder ganz tief unten. Anne ist euphorisch, weil sie drei Mal bei der Tischtennisrunde gewonnen hat, Sophie ist panisch, weil sie nicht mehr weiß, wo ihre Jogginghose ist, Karla ist deprimiert, verrät uns aber nicht, warum.

Und ich? Ja, ich bin irgendwas dazwischen, aber vor allem bin ich tierisch eifersüchtig. Sosehr ich auch dagegen ankämpfe, ich kann dieses Gefühl nicht abstellen. Obwohl ich weiß, dass Eifersucht eine Leidenschaft ist, die mit Eifer sucht, was Leiden schafft. In einem Buch habe ich mal einen triefschmalzigen Spruch gelesen: »Die Liebe ist wie eine wild lebende Seeschwalbe, sie braucht die Freiheit der hohen, weiten Flüge. Und wenn das Schicksal es so will, wird sie freiwillig zurückkehren, gestärkt von ihrem Flug, in tiefer Liebe, weil sie fort war.«

Wie blöd ist das denn? Okay, flieg mal schön los zu den Jennys dieser Welt, irgendwann kommst du eh wieder angeflattert. Oder was soll das heißen? Und wenn er sich nun auf dem Rückweg verfliegt? Dann steht man da mit seinem Vogelfutter, und keiner frisst dir aus der Hand. Okay, vom Prinzip her verstehe ich den Spruch, aber für mich, »Miss Ungeduld« höchstpersönlich, ist das die reinste Folter.

»Karla, hast du meine Jogginghose?«, fragt Sophie und reißt mich aus meinen philosophischen Gedanken.

»Wieso sollte ich die haben?«, erwidert Karla. »Die würde mir doch eh nicht passen und auch nicht stehen.«

Oh nein! Bitte nicht zu all dem Grau-in-Grau-Gejammer noch die ewige »Ich bin viel zu hässlich und zu dick«-Litanei. Dabei sähe sie eigentlich ganz gut aus, wenn sie ihre schönen dunklen Haare mal nicht so strähnig und unmotiviert ins Gesicht fallen ließe. Man kann bei Karla so schwer einschätzen, wann sie mal wieder auf ein ganz tiefes Tief zusteuert. Ich glaube, gerade steckt sie schon mittendrin.

»Hier, fang!« Anne wirft Karla ein Kissen an den Kopf.

Karla kann gar nicht so schnell reagieren, wie Anne geworfen hat.

»Mann, lass das«, nörgelt Karla.

»Nö. Erst wenn du wieder bessere Laune hast.« Schon pfeffert sie das nächste Kissen auf Karla, die wie ein Trauerkloß auf ihrem Bett hockt.

»Ha! Ich mach mit.« Sophie gibt die Suche nach ihrer Jogginghose auf, schnappt sich ein Kissen und schleudert es Anne von hinten auf den Rücken.

Die stöhnt gespielt auf, greif sich mein Kissen vom Bett und wirft es Sophie vor die Beine.

»Ich glaub's ja wohl nicht!«, gebe ich mich empört. »Das war mein Kissen!« Ich wühle mich durch einen Klamottenberg. »Sieh mal einer an!« In den Händen halte ich Sophies Jogginghose. »Hast du die hier gesucht?«

Schon landet das gute Stück auf ihrem Kopf, vor ihren Augen, und nimmt ihr die Sicht. Sophie tastet sich durchs Zimmer, bückt sich und schleudert Karla mein Kissen an den Kopf. Wir lachen lauthals.

»Ihr nervt echt«, findet die einzige Person im Zimmer, die richtig schlechte Laune hat. Karla angelt nach einem Schuh neben ihrem Bett und zielt in Richtung Sophie. Voll Karacho fliegt der Schuh gegen die Lampe, die in tausend Scherben zerbirst.

Karla findet als Erste ihre Sprache wieder: »Oh.«

»Volltreffer«, ruft Anne und drängt Sophie und mich zur Seite. »Nicht in die Glasscherben treten!«

»Keine Sorge!«, sage ich, während ich mich bücke, um eine Scherbe aufzuheben, und mir dabei einen dicken Ratscher am rechten Zeigefinger einfange. »Autsch, aber ich bin nicht reingetreten!«

»Na, dann geht's ja!«, meint Sophie und schaut besorgt auf meinen Finger, aus dem ganze Niagarafälle an Blut strömen. Aus Mangel an Pflastern oder Verbandszeug presst sie das feuchte weiße Handtuch auf meinen Finger, das sich sofort rot verfärbt.

Ich stecke den Finger in den Mund und beiße drauf, als es an unserer Tür klopft. Oh nein, bitte nicht jetzt!

Anne geht zur Tür und öffnet sie einen Spaltbreit. »Was gibt es denn?«, fragt sie mit unschuldiger Stimme.

Die langweiligste Referendarin der Welt fragt, ob bei uns alles in Ordnung sei, sie habe ein lautes Klirren gehört.

»Hier ist alles in bester Ordnung«, schwindelt Anne.

Sophie Schütze drückt von außen dagegen, was Anne nicht abblocken kann. Ich halte den Atem an. Auch Karla hockt eingeschüchtert auf ihrem Bett und scheint auf die Standpauke zu warten.

»Hier ist doch was!«, stellt die Schütze fest. In dem Moment entdeckt sie meinen blutigen Finger. »Oh! Lu, zeig mal deinen Finger.« Das blutgetränkte Handtuch kann ich nicht schnell genug verstecken. »Mann, was habt ihr denn gemacht? Habt ihr hier Fußball gespielt?«

»Äh, nein, die ist einfach so runtergefallen«, biete ich eine Lösungsmöglichkeit an.

»Klar. Der Poltergeist von Amrum, oder?«

Immer noch weiß ich nicht, ob Marie Schütze gleich ein Megaspektakel veranstalten wird.

»Anne, hol aus der Abstellkammer Handfeger und Besen, ich bin gleich zurück.«

Kurz darauf verbindet Frau Schütze meinen Finger mit einem Pflaster und fegt direkt danach die Scherben zusammen. Wieder klopft es, und wieder bleibt mir das Herz stehen.

»Bitte nicht der Christen«, flüstert Sophie.

Doch es kommt noch schlimmer. Die Krulle steht vor der Tür und erkundigt sich ebenfalls nach dem Krach.

»Wie lange hat die denn hier hoch gebraucht?«, raune ich Sophie zu, die leise kichert. Wenn die Schütze uns jetzt verpfeift, dann können wir alle einpacken. Für Brot- und Kissenwerfer ist ganz eindeutig kein Platz auf der Insel.

»Nein, es ist nichts passiert. Die Mädchen haben den Besen geholt, weil sie ihr Zimmer sauber machen wollten. Dabei waren sie wohl etwas lauter«, sagt Marie Schütze und öffnet die Tür gerade mal einen Spaltbreit.

»Ach, das ist ja erfreulich«, findet Frau Krulle und lobt unsere Referendarin dafür, dass sie die Klasse so gut erzogen hat.

»Ha!« Marie Schütze atmet erleichtert auf, als die Landschulheimchefin wieder abgezogen ist. »So, weg mit den Scherben, ich frage morgen Jan, ob er uns helfen kann. Gib mir mal das Handtuch, Lu, darum kümmere ich mich!«

In den letzten fünf Minuten war Marie Schütze netter als in den ganzen fünf Monaten, die sie schon bei uns in der Klasse ist.

»Danke!«, sage ich.

»Was ist denn nun wirklich passiert?«, will sie wissen.

Wir zucken mit den Achseln und schauen uns verschämt an. Karla gesteht, dass es ihre Schuld war.

»Kann ja mal vorkommen«, sagt Marie Schütze, und ich merke, dass ich sie offenbar ganz falsch eingeschätzt habe. In Wahrheit ist sie ein sozialer, hilfsbereiter, selbstloser Mensch voller Humor, der sich aufopferungsvoll um andere kümmert. »Jetzt hab ich euch geholfen, dafür will ich eine Gegenleistung«, fordert die selbstlose Referendarin.

»Was denn?«, fragt Karla ängstlich, und im Geiste sehe ich vor mir, wie wir Marie Schützes zwanzig Paar Schuhe putzen müssen.

Ich stelle fest, dass ich sie offenbar ganz falsch eingeschätzt habe. In Wahrheit ist sie ein hinterhältiger, egoistischer Mensch.

»Ich brauche mal ein Handy-Aufladekabel von euch«, sagt sie.

»Was? Das ist die Gegenleistung?«, frage ich dümmlich. Ich dachte wirklich, sie liefert uns ans Messer.

»Ja, was dachtest du denn?«, fragt sie lachend.

»Achtung, das ist ein Test«, flüstere ich Sophie zu. »Wir dürfen gar kein Handy oder Kabel hier haben.«

»Das wäre echt ganz lieb von euch. Ich warte auf einen dringenden Anruf.«

Wortlos geht Anne zum Schrank, öffnet eine Schublade und zieht unter ihrer Unterwäsche ein Kabel hervor.

»Hier!«

»Danke. Und wenn dein Finger dir plötzlich doll wehtut, Lu, dann weck mich, okay?«

Ich nicke, und als sie geht, freue ich mich darüber, dass man im Leben immer wieder überrascht wird.

13

UM UNS HERUM summen die Mücken. Wir laufen den Waldlehrpfad entlang, und Tourguide Patrick rattert wie ein Roboter seinen auswendig gelernten Vortrag herunter. Stocksteif geht er vor uns her und bombardiert uns mit Fakten über Flora und Fauna. Vermutlich ist er nur hier, weil der Job in der Videothek schon vergeben war.

»Nun hört doch mal zu«, ermahnt Christen uns streng.

Doch man kann ihm ansehen, dass er dem Jungen am liebsten Nachhilfe in Präsentation geben würde. Wobei unser Lehrer darin nun auch kein Naturtalent ist.

»So, und wer von euch möchte denn jetzt den Waldschnüffel-Detektivpass bekommen?«

»Den was?«, frage ich entsetzt.

Unser junger Fremdenführer linst noch mal auf sein Klemmbrett und wiederholt unsicher: »Den Waldschnüffel-Detektivpass?«

Ben und Noah lachen laut auf, und auch Sophie kann sich kaum mehr zurückhalten.

»Och, ich habe gerade erst mein Seepferdchen bestanden«, sagt Ben grinsend. »Ich weiß wirklich nicht, ob mir meine Eltern den Waldschnüffler erlauben.«

Der junge Mann sieht irritiert von einem zum anderen und ist mit seinem Latein am Ende.

Plötzlich rückt unerwartet Hilfe an. »Was glaubst du, Patrick, wie alt die Jungs und Mädchen hier sind?« Eine ältere Dame mit kurzen grauen Haaren und einem Gesicht, das viel Zeit an der frischen Nordseeluft verbracht hat, taucht vor uns auf.

»Äh, keine Ahnung. vierzehn vielleicht?«

Immerhin hat er uns nicht auf zehn geschätzt.

»Und für welches Alter, glaubst du, ist der Detektivpass?«

»Keine Ahnung«, sagt er wieder. »Ist er für kleinere Kinder gedacht?«

Die Frau schüttelt verzweifelt den Kopf, lacht aber. »Geh mal ins Büro, da wartet noch viel Schreibkram.«

Patrick trottet gelangweilt davon, und ich frage mich, ob er seine Eltern verdammt, die ihn auf einer Nordseeinsel aufgezogen haben, anstatt ihm eine ordentliche Chance in einer Großstadt zu geben. Dort könnte er in einem Jeansshop mit freiem Oberkörper Kunden anlocken und müsste nicht mit gelangweilten Jugendlichen über Waldlehrpfade trampeln.

»Vergesst den Waldschnüffler«, sagt die Frau und stellt sich als »Swantje, das Urgestein der Insel« vor. Sie will wissen, ob wir die Geschichte von Juraté und Kastytis kennen?

»Na, das klingt doch besser als der Waldschnüffler«, raunt Anne mir zu.

»Nein, die kennen sie noch nicht«, behauptet Herr Christen, der neugierig die Ohren spitzt.

Swantje berichtet von einer Sage aus Litauen, nach der einst die Meerjungfrau Juraté den Fischer Kastytis bei einem Sturm das Leben gerettet haben soll. Beide verliebten sich ineinander. Das machte den Donnergott Perkunas verdammt eifersüchtig, und er tötete Kastytis.

»Und seitdem«, beendet Swantje ihre Erzählung, »weint Juraté, und ihre Tränen fallen als Bernsteine ins Meer.«

Der Gedanke gefällt mir. Mit all den Tränen, die ich im Leben schon geweint habe, könnten wir zu Hause eine ganze Wanne voll mit Bernsteinen füllen.

»Meine Güte, wie kitschig«, finden die Jungs. »Immer dieses Geflenne.«

Ich fühle mich ertappt und werde rot. Jungs können weinende Mädchen irgendwie gar nicht haben. Ich vermute sogar, dass sie keinen Tränenkanal besitzen. Der ist in der männlichen Chromosomenkette einfach nicht vorgesehen.

»Habt ihr schon Bernstein gefunden?«, fragt Swantje.

Wir verneinen, und sie bittet uns, ihr zum Strand zu folgen.

»Zwischen Algen und schwarzem Holz müsst ihr schauen. Vielleicht habt ihr Glück, und ihr erwischt eine Träne.« Swantje blickt uns erwartungsvoll an, doch keiner von uns traut sich, den ersten Schritt zu machen.

»Tränen hab ich genug«, murmelt Karla neben mir. Und schon verschwimmen ihre Augen.

»Was ist denn nur los?«, frage ich sie. »Wenn du so viel weinst, hast du bald keine Tränen mehr!«

Da muss selbst Karla lächeln und winkt ab. Ich befürchte, in diesem Leben wird sie uns nicht mehr ihre Sorgen beichten.

»Es gibt richtige Bernsteinfreaks, die schon frühmorgens mit Taschenlampe aufbrechen«, klärt Swantje uns weiter auf.

Sie hat tatsächlich das Wort Freaks benutzt, aber keiner macht sich lustig über sie. Die alte Dame ist wirklich cool, mit ihrer derben Art und den forschen Sprüchen.

»Nun mal runter auf den Boden, meine Herrschaften. Ich kann das mit meinem Rücken nicht mehr, da komm ich nie wieder hoch. Aber ihr habt keine Ausreden, ihr seid noch jung.«

Die ersten Mädchen bücken sich und suchen im Sand nach Bernsteinen, die im rohen Zustand eher bräunlich sind. Die Jungs zieren sich noch.

»Oder wollt ihr doch lieber den Detektiv-Führerschein machen?«, fragt sie.

Nun graben auch Noah und Ben im Sand, und auch Herr Christen und Marie Schütze scheinen ihren Spaß zu haben. Die Referendarin ist auf einmal wie ausgewechselt. Beim Frühstück heute Morgen hat sie uns das Aufladekabel zurückgegeben und gefragt, ob sie es beizeiten noch einmal ausleihen dürfte. Ihrem Gesichtsausdruck nach zu schließen, hat sie die Nachricht bekommen, die sie sich erhofft hatte.

Swantje sagt noch, dass alle, die zu faul sind, sich zu bücken, in den Himmel gucken können. Möwen würden häufig über Bernsteinen kreisen. Ein eindeutiges Indiz für Spürnasen. Ich bleib lieber im Sand.

»Au!«, rufe ich und lutsche an meinem Finger. Er hat wieder angefangen zu bluten. Das Pflaster hatte ich am Morgen abgenommen, weil ich dachte, der Finger bräuchte keinen Schutz mehr.

»Was hast du denn gemacht?«, will Noah wissen, der neben mir nach Bernsteinen sucht.

»Och«, sage ich, »in unserem Zimmer gab es eine kleine Meinungsverschiedenheit.« Aus einer Laune heraus, vermutlich, weil Jenny endlich mal nicht dabei ist, erzähle ich ihm flüsternd, was passiert ist und wie unglaublich gut die Schütze sich verhalten hat.

»Alle Achtung. Aber Scherben bringen Glück, Lu, das weißt du doch, oder?«

»Ja«, nicke ich. »Tut aber trotzdem weh.«

»Nicht dass du noch weinst … wie Juraté«, neckt er mich. Lächelnd geht er zurück zu Ben.

Doch, du Witzbold! Ich weine schon. Um dich! Dabei habe ich Karla dafür eben noch gerügt. Aber bei mir ist das ja auch was ganz anderes. Oder?

Ben stößt einen Jubelschrei aus. »Hier, ich glaube, ich habe eine blöde Träne entdeckt.«

Swantje inspiziert den Stein, klopft Ben auf die Schulter und ruft in die Runde: »Mann, habt ihr lange gebraucht. Da versteckt man hier extra ganze Wagenladungen an Bernsteinen für die Klassen, und ihr braucht Stunden, um einen zu finden.«

Herr Christen lacht, als er uns hinter Swantje herscheucht. Ich glaube, sie würde sich sehr gut mit Jan aus dem Landschulheim verstehen.

»Für die anderen Blindfische haben wir noch welche hinten in der Werkstatt. Kommt mal mit.«

Kurze Zeit später stehen wir an einer Werkbank, vor uns ein Haufen gelblicher Steine. Swantje zeigt uns, wie man testen kann, ob es sich tatsächlich um das »gelbe Gold« handelt.

»Wenn ihr den Stein gegen einen Zahn klopft, erzeugt das einen weichen Ton.«

Noah hält sein Ohr an Bens Mund und grinst: »Das klingt nicht weich, das klingt hohl. Könnte auch dein Kopf sein.«

»Haha, witzig«, entgegnet Ben. »Bring du mal deinen Kopf lieber in Sicherheit.«

Swantje ermahnt uns, die Klappe zu halten. Sie sagt wirklich: »Herrschaften, Klappe halten.« Und nicht etwa so etwas Gestelztes wie: »Könntet ihr bitte versuchen, euch in Zimmerlautstärke zu unterhalten.« Ich bin mir sicher, dass Jan sie sofort in sein großes Herz schließen würde. Ob die beiden sich kennen?

Wir sollen uns jeder einen Stein aussuchen, um damit eine Kette zu basteln. Swantje legt uns Lederbänder in verschiedenen Farben zur Auswahl vor. Während wir in hektisches Gewusel ausbrechen, weil jeder das beste Band erwischen möchte, stöhnt Karla in der Ecke auf.

»Mir ist schlecht«, sagt sie im unpassendsten Moment überhaupt. Wir freuen uns gerade wie Kleinkinder, die sich auf einen Schokoladenberg stürzen, und Karla ist schon schlecht, bevor sie überhaupt von der Schokolade gekostet hat.

»Was hast du denn?«, erkundigt sich Marie Schütze, obwohl sie auch gerade mit den Bernsteinen geliebäugelt hatte.

»Weiß nicht so genau, ich hab so ein mulmiges Gefühl im Magen. Ich würde mich gerne hinlegen.«

Marie Schütze bespricht sich kurz mit Herrn Christen und beschließt dann, Karla zurück ins Landschulheim zu begleiten. Ich frage sie kurz, ob es sehr schlimm ist.

»Kann ich schlecht sagen«, pampt sie mich an. »Ich bin ja kein Arzt.«

»Sorry«, gebe ich zurück und trete einen Schritt zurück. »War nur nett gemeint.«

»Was hat die denn für Probleme?«, fragt Noah.

Ich zucke mit den Achseln. »Ganz merkwürdig. Sie hat seit Tagen schlechte Laune.«

»Noch schlechter als sonst?«

Ich lächele, weil Noah recht hat. Trotzdem tut Karla mir irgendwie leid. Irgendetwas muss sie sehr plagen, das mehr wehtut als Bauchschmerzen.

Wir sind noch einige Zeit damit beschäftigt, aus den Steinen, Anhängern und Bändern unsere ganz eigenen Ketten zu basteln. In der Werkstatt gibt es sogar einen Graveur, der in unsere Steine Namen oder Worte einfräst. Die Jungs sind nicht ganz so begeistert davon wie wir Mädchen. Ich sehe aber, dass auch Noah etwas eingravieren lässt. Wahrscheinlich den Namen *Jenny*.

Gemeinsam mit Swantje gehen wir noch in ein Café, das zu dem Atelier, dem Waldlehrpfad und dem Bernsteinzentrum gehört. Dort serviert sie uns Kuchen und Kakao. Mampfend sitzen wir schon am Tisch, als Marie Schütze zurückkommt. Sofort habe ich ein schlechtes Gewissen. An Karla hatte ich gar nicht mehr gedacht.

»Sie schläft. Es geht ihr schon besser!«, beruhigt sie uns, und ich hoffe, dass das stimmt.

Eine Stunde später machen wir uns auf den Rückweg. Einige von uns begleiten Herrn Christen noch ins Dorf, wo er eine Zeitung kaufen will, andere laufen durch die Heidelandschaft zurück zur Herberge. Noah und Ben, Sophie, Anne und ich beschließen, am Strand nach Hause zu schlendern.

14

»**KOMMT,** wir ziehen unsere Schuhe aus und gucken, wer die meisten Räder schlagen kann.«

Manchmal ist Anne wie ein kleines Kind. Vielleicht hätte sie sich auch über den Waldschnüffel-Detektivpass gefreut.

Die Flut hat wieder eingesetzt, und wir genießen den Kniepsand, der uns alleine gehört. Außer uns ist niemand unterwegs, denn es ist es sehr windig und ungemütlich am Meer. Das stört uns aber nicht. Muss ja nicht immer die Sonne scheinen. Im Leben ist auch nicht immer alles heiter.

Wir rennen weiter, schlagen Räder und fabrizieren noch mehr kindischen Kram, über den wir später selbstkritisch und herablassend sagen werden: »Ach, das war irgendwie echt kindisch.« Und denken würden wir: »Das war mit das Beste auf der Klassenreise.«

Ein Stück des weißen Bündchens der Jeans hat sich gelöst, war wohl doch nicht so gute Qualität. Ich stopfe den herunterlappenden Stoff unauffällig in die Hosentasche. Eins-a-Aussehen ist nicht alles.

Nur eins zählt: Jenny ist nicht da! Zwar rechne ich stets

damit, dass sie hinter einer Düne auftaucht, aber momentan ist die Luft rein. Im doppelten Sinne. Zu überschwänglich will ich allerdings auch nicht sein. Nachher ist »Selena Gomez« dann ja wieder zur Stelle. Aber ich versuche es mal mit *Carpe diem*, »Nutze den Tag«.

Anne zaubert ein Handy aus der Innentasche ihrer Jeansjacke und nimmt ein Selfie von uns fünfen auf.

»Gimme five«, ruft Noah ausgelassen und klatscht uns alle ab. So entsteht eine verrückte Fotoserie, im Laufe derer ich auch mal direkt neben ihm stehe.

»Sag mal, wieso habt ihr alle ein Handy dabei? Hast du auch ein Ersatzhandy für den Ernstfall?«, frage ich und denke, dass meine Eltern mir noch nicht mal einen eigenen Fernseher kaufen würden. »Das ist doch verboten. Die hat Christen doch alle eingesammelt.«

Anne grinst nur. »Seit ich Marie Schütze das Aufladekabel geliehen hab, frisst sie mir aus der Hand. Und ich hab ihr einfach erzählt, dass meine Oma heute Geburtstag hat und ich sie unbedingt anrufen muss.«

»Ganz schön raffiniert!«, sagt Max anerkennend.

Anne scrollt durch die Fotos. »Welches davon wollen wir auf Facebook posten?«

»Nicht das, wo ich so blöd gucke«, protestiert Sophie, »das kannst du gleich löschen.«

»Das Bild ist doch voll lustig«, werfe ich ein. »Wie wäre es denn mit dem hier, wo wir alle …« Der Rest meines Satzes geht in einem schrillen Schrei meiner Freundin Sophie unter.

Entsetzt zeigt sie aufs Meer. »Guckt mal, da ist jemand!«

Abrupt drehen wir uns alle zum Wasser und sehen in einiger Entfernung tatsächlich einen Menschen stehen. Stocksteif und ohne jegliche Regung.

»Das ist doch Karla!«, rufe ich panisch und sprinte zum Wasser. Als ich mir die Hosenbeine hochkrempele, packt Noah mich am Arm. »Spinnst du? Du kannst da nicht rein. Du hast doch gehört, was Jan gesagt hat. Die Flut steigt schnell, die Priele laufen voll, und die Strömung ist megagefährlich.«

»Was macht sie denn da nur?«, fragt Sophie panisch. »Wir sollten doch nicht alleine ins Watt gehen.« Als wenn dieser Hinweis jetzt noch jemandem nützen würde.

»Kaaaaarlaaaaaa!«, brülle ich und wedele hektisch mit den Armen. Sie blickt zwar in unsere Richtung, rührt sich aber nicht. Es sieht so aus, als wenn sie schon bis zu den Knien im Wasser steht. Offenbar hat sie sich auf eine kleine Sandbank gerettet. Ansonsten ist sie komplett vom Wasser eingeschlossen.

Wie kommt sie dahin? Was macht sie da? Ihr war doch schlecht? Tausend Fragen schießen mir durch den Kopf. Doch im Moment sind sie unwichtig.

»Anne, dein Handy«, sagt Noah, und Anne wählt sofort die 110.

»Ich hole Jan«, ruft Ben und sprintet zum Landschulheim.

»Ja, hier ist Anne Freese«, höre ich meine Klassenkameradin atemlos sagen. »Wir sind auf Amrum, im Norden, Kniepsand, eine Freundin von uns ist von der Flut eingeschlossen. Sie müssen sie retten.«

Die Stimme am anderen Ende der Leitung stellt ein paar ruhige Nachfragen, die Anne nicht beantworten kann. Es geht um Koordinaten und Wasserstand, glaube ich.

Apropos Wasserstand: Auch ohne Gezeitenkalender ist klar, dass wir gerade Flut haben und das Wasser immer weiter steigt. Und zwar noch schneller als die Gewichtsanzeige auf der Waage, nachdem ich eine Packung Chips gegessen habe.

»Was sollen wir nur machen?«, frage ich immer und immer wieder.

»Wir können nur auf Hilfe warten«, erwidert Noah.

Das bringt mich komplett aus der Fassung. Nichts tun zu können. Und das Wasser will und will nicht aufhören zu steigen.

Nach einer gefühlten Ewigkeit stürmt Ben mit Jan an den Strand. Der Mann für alle Fälle zieht sein Handy aus der Tasche und gibt genauestens durch, wo Karla sich befindet und wie hoch das Wasser schon gestiegen ist.

»Nein, ich glaube, mit einem flach gehenden Boot kommen wir nicht zu ihr!«, gibt er seine Einschätzung durch.

»Wie, wir kommen nicht zu ihr?«, frage ich ängstlich, nachdem er aufgelegt hat.

»Mit dem Boot nicht! Warte mal eben.« Jan zückt sein Handy und gibt aus dem Kopf die Nummer der Wasserschutzpolizei in Husum ein.

»Jan hier aus Amrum, haben wir ein Boot draußen? Person in Seenot, von der Flut eingeschlossen.«

Nach einer kurzen Diskussion nickt Jan. »Ja, ist richtig.

Ja, MRCC ist schon informiert von der Polizei.« Er beendet das Telefonat, blickt besorgt zu Karla und dann in den Himmel.

»Was passiert denn jetzt?« Meine fröhliche Stimmung ist wie weggeblasen. Ich mache mir große Sorgen um Karla, die, weiß der Geier, wieso, in echten Problemen steckt. Ein paar Minuten, die sich wie Stunden anfühlen, vergehen.

»Keine Angst, die kommen gleich!«

»Wer?«, fragen wir wie aus einem Munde.

»Die Jungs aus Helgoland!« Jan zeigt gen Himmel.

Zu sehen ist nichts, aber zu hören. Ein »Flop-Flop«-Geräusch. Die Propeller eines Hubschraubers. Er nimmt Kurs auf Karla, geht tiefer, und ein Mann in Neoprenanzug, Schwimmweste und Helm ruft ihr etwas zu.

»Er soll sie retten! Was reden die denn da?«, frage ich aufgeregt.

Das Wasser ist noch weiter angestiegen. Jan legt mir beruhigend die Hand auf den Arm. »Reg dich nicht auf, sie haben noch genügend Zeit. Sie checken nur, ob sie noch im Vollbesitz ihrer geistigen Kräfte ist.«

»Da bin ich mir nicht so sicher«, flüstere ich.

»Es geht nur darum, ob jemand runterkommen muss, um ihr zu helfen.« Jan wirkt so nüchtern und abgeklärt. Wahrscheinlich hat er diese Situation schon oft erlebt.

»Sie lassen etwas herunter.« Noah blickt gebannt zu dem Hubschrauber.

Eine Art Winde fällt auf Karla, die danach greift. Offenbar hat sie inzwischen realisiert, in welcher Gefahr sie sich befindet. Der Mann gibt ihr ein paar Anweisungen, und sie legt sich eine orangefarbene Schlinge um den Körper.

»Gott sei Dank ist es nicht so stürmisch, sonst wäre es noch viel schwieriger«, erklärt Jan.

Ich drehe mich um, weil sich von hinten jemand nähert. Ein Notarzt erreicht den Strand. Er telefoniert mit jemandem und nickt Jan kurz zu.

Karla wird währenddessen hochgezogen. Der Hubschrauber steigt ein Stück, fliegt in Richtung Strand und setzt sie bei uns wieder ab.

Der Notarzt löst sie aus der Schlinge, spricht mit ihr und checkt sie durch. Daraufhin spricht er in sein Handy und gibt dem Sanitäter im Hubschrauber ein Zeichen.

Der Arzt wechselt ein paar ruhige Worte mit Karla. Sie wirkt verwirrt, aber komplett unversehrt. Jan hält uns mit Blicken zurück, nicht sofort auf sie einzustürmen.

»Na, junge Frau, das war aber sehr gefährlich, was Sie da gemacht haben.« Der Arzt wartet auf eine Erklärung von Karla.

Sie sagt aber nichts.

»Sie gehört zu einer Schulklasse aus Hamburg«, erklärt Jan. »Sie haben eine Wattwanderung gemacht, und Karla muss sich verlaufen haben.«

»Aha!«, sagt der Arzt und schaut Jan lange an. »Aber du hast der Klasse doch bestimmt erklärt, dass es lebensgefährlich ist, ohne Begleitung ins Watt zu gehen?« Er wirkt richtig wütend.

»Ja, sicher. Wir klären das.«

»Bist du die Aufsichtsperson?«, will der Arzt wissen.

Jan nickt, obwohl das gar nicht stimmt. Im Grunde wäre Herr Christen derjenige, der informiert werden müsste. Und danach Karlas Eltern. Doch ich bin froh, dass Jan die Verantwortung übernimmt. Wer weiß, was passiert, wenn herauskommt, dass Karla so waghalsig war. Wieso sie ins Watt gegangen ist, wissen wir allerdings immer noch nicht.

Der Arzt beißt sich auf die Zunge, fixiert Jan und packt dann seinen Koffer zusammen.

»Der jungen Dame fehlt nichts«, stellt er fest und fügt leiser hinzu: »Höchstens ein klarer Verstand.«

Er wendet sich noch mal an Jan: »Du weißt ja, wo meine Praxis ist. Wenn was ist, melde dich sofort. Sie soll sich hinlegen und was Warmes trinken. Am besten Frau Krulles Pfefferminztee. Das ist die größte Strafe.«

»Und du, komm mal her!« Der Arzt zeigt auf mich, und mir bleibt mein Herz stehen. »Das kann sich entzünden.« Flugs greift er nach meinem Finger, desinfiziert ihn und klebt ein neues Pflaster drauf. »Sieht aus wie eine Kleinigkeit, kann aber was Größeres draus werden.« Ich bedanke mich, und er verabschiedet sich.

Jan legt Karla, die immer noch kein Wort gesprochen hat, seine Jacke um die Schultern. »Jetzt betet mal, dass uns kein Lehrer über den Weg läuft. Und vor allem die Krulle nicht.«

Es ist später Nachmittag, und wir laufen, so schnell wir können, zurück zur Jugendherberge. Jan trägt Karla die meiste Zeit.

»Herr Christen wollte noch in den Ort«, gebe ich Auskunft.

Kurz vor dem Landschulheim taucht plötzlich wie aus dem Nichts Marie Schütze auf.

»Was ist denn hier los?«, fragt sie besorgt, als sie Karla auf Jans Armen mit klitschnassen Jeans sieht.

»Karla wollte baden gehen und hat sich übernommen«, sagt er und trägt sie zu unserem Zimmer hinauf.

Dort bittet er Marie, sie auszuziehen, unter die Dusche zu stellen und dann ins Bett zu stecken.

»Karla«, sagt unsere Referendarin aufgebracht. »Was hast du denn gemacht? Dir war doch schlecht! Ich habe dich doch vorhin ins Bett gebracht. Wieso warst du allein am Meer?«

Das würde uns auch brennend interessieren, aber Karla gibt keinen Pieps von sich.

Jan zieht Marie kurz zur Seite und klärt sie flüsternd darüber auf, was passiert ist. Unsere Referendarin stöhnt auf und schüttelt nur den Kopf.

Ich bin heilfroh, dass Karla nichts zugestoßen ist, verstehe aber einfach nicht, was in ihr vorgeht. Das aufregendste Erlebnis meines jungen Lebens war, dass Sophie einmal ein Päckchen Kaugummi an einer Tankstelle geklaut hat. Es war eine Mutprobe. Mann, was haben wir uns kriminell gefühlt! Doch das hier ist eine ganz andere Hausnummer.

Nachdem wir Karla warm eingepackt ins Bett verfrachtet haben, gehen wir auf den Flur, wo Jan vor der Zimmertür wartet.

»Wenn die Krulle davon erfährt, muss Karla sofort nach Hause«, erklärt Jan. »Haben Sie eine Ahnung, was sie haben könnte?«

Marie Schütze schüttelt den Kopf. »Vorhin war ihr übel, aber vielleicht hat sie auch was anderes. Sie ist ein sehr verschlossenes Mädchen. Es ist meine Schuld. Ich hätte besser auf sie aufpassen müssen, nachdem ich sie vorhin zurückgebracht habe. Ich hätte nicht wieder weggehen dürfen.« Unsere Referendarin sieht aus, als würde sie gleich in Tränen ausbrechen.

»Machen Sie sich keine Vorwürfe. Sie haben alles richtig gemacht und uns informiert. Genauso gut könnte ich sagen, dass ich nichts gemerkt habe.«

Dankbar blickt die junge Marie Schütze Jan an, der so eine liebe, ruhige Art hat, dass man ihm alles anvertrauen würde.

»Wir sollten uns lieber bei unseren fünfen hier bedanken. Wenn ihr sie nicht rechtzeitig entdeckt hättet, wäre es richtig brenzlig geworden.«

»Ach, halb so wild!«, murmelt Sophie.

»Ist doch selbstverständlich!«, sagt Noah.

Dabei war es überhaupt nicht selbstverständlich, dass wir genau zu dem Zeitpunkt am Strand entlanggelaufen sind. Wir hätten uns auch dafür entscheiden können, noch einen Schlenker in den Ort zu machen. Schnell beende ich das beängstigende Kopfkino.

»Wir sollten herausfinden, was mit ihr los ist«, sagt Jan und schaut dabei Anne an.

»Sie spricht nie viel«, erklärt Anne. »Aber wir werden versuchen, nachher mal mit ihr zu reden.«

»Gönnt ihr ein bisschen Ruhe. Wir sollten nur überlegen, was wir eurem Lehrer und ihren Eltern sagen. Ich bin mir sicher, dass es einen Riesenaufruhr gibt, wenn die anderen erfahren, was hier los war.«

Ich blicke mich in der Runde um und stoße auf ratlose Gesichter. »Erfährt Herr Christen es nicht sowieso? Schließlich war der Arzt da und dieser Hubschrauber.«

Jan nickt. »Stimmt, aber ich kenne die alle ganz gut. Habe schon mit dem MRCC gesprochen.«

»Was bedeutet das eigentlich?«, erkundige ich mich.

»Das ist das Maritime Rescue Coordination Centre, die sitzen in Bremen und haben den Rettungshubschrauber benachrichtigt.«

»Der war so schnell da«, stellt Ben fest.

»Ja, das geht ratzfatz. Der Hubschrauber kam von Helgoland. Es passiert leider häufig mal, dass Menschen vom Wasser eingeschlossen werden. Zum Glück ist es bei Karla noch glimpflich ausgegangen.«

»Wer bezahlt denn den Einsatz?«, fragt Noah. »Das ist doch bestimmt wahnsinnig teuer.«

Darauf war ich noch gar nicht gekommen, dass der Einsatz auch Geld kostet.

Jan gibt Noah recht, dass es teuer ist, einen Hubschrauber loszuschicken, und wir befürchten, dass unsere Klassenkasse dafür nicht ausreichen wird und wir alle sofort abreisen müssen.

»Es ist eine Ermessenssache, wer den Schaden trägt. Der Gerettete nur dann, wenn er sich leichtsinnig in Gefahr gebracht hat.«

Oje, genau das hat Karla ja vermutlich getan.

»Wenn es allerdings so war, dass Karla nach eurer Wattwanderung den Anschluss verloren hat, dann können sie und auch ihre Eltern nicht haftbar gemacht werden. Dann ist es eine Rettungsmaßnahme, die nicht von ihr bezahlt werden muss.«

Ich staune, wie gut Jan sich bei den unterschiedlichsten Fragen auskennt: rechtliche Konsequenzen bei einem Hubschraubereinsatz, psychologische Betreuung von Referendarinnen am Rande des Nervenzusammenbruchs und Erste-Hilfe-Maßnahmen bei Flutopfern. Eigentlich ist er ein richtiger Traumtyp! Nur leider schon ein bisschen zu alt.

»Ich führe gleich noch ein paar Telefonate, um diese Frage zu klären. Kümmert ihr euch bitte um eure Klassenkameradin. Ich würde nachher gerne wissen, was sie gesagt hat. Wir sollten die Sache nicht an die große Glocke hängen, aber wir müssen ihren Lehrer auf jeden Fall informieren, dass sie Hilfe braucht.«

»Danke!«, sagt Marie Schütze.

Richtig wohl scheint sie sich nicht in ihrer Haut zu fühlen. Schließlich ist Herr Christen ihr Vorgesetzter. Allerdings ist nicht klar, wie er reagieren wird. Gute Laune hin oder her, in so einer Situation ist sicher nicht mit ihm zu spaßen.

»Wir sprechen mit ihr!«, sagt Marie bestimmt.

15

EINE STUNDE SPÄTER sind wir schlauer. Wir sitzen auf dem Fußboden rund um Karlas Bett.

»Und wenn er nach München zieht«, schnieft Karla, »dann sehe ich ihn bestimmt nie wieder! Aber nach Bayern will ich auch nicht. Er soll in Hamburg bleiben.«

Sophie streicht sanft über ihre Hand. »So ein Mist!«

»Und wenn die beiden erst mal zusammenleben, was soll er dann noch mit mir? Das ist so schrecklich.«

»Aber das heißt doch nicht, dass du deinen Vater nie mehr siehst!«, versuche ich sie zu trösten. »Schau mal, Bens Eltern leben auch getrennt, und er sieht seinen Vater trotzdem, sooft er will.«

Ich beiße mir auf die Zunge. Bens Vater lebt natürlich auch in Hamburg. Das ist etwas ganz anderes, als wenn der Papa 700 Kilometer weit weg wohnt. Wenn mein Papa nach München ziehen würde, würde für mich auch die Welt zusammenbrechen.

»Kennst du die Neue?«, fragt Anne vorsichtig.

»Ja, ich hab sie einmal gesehen. Mama ist fuchsteufelswild geworden und hat Papa angemotzt, dass er mich da nicht mit reinziehen soll. Dabei war das ein Zufall und gar nicht böse gemeint von ihm«, schnieft Karla. »›Dann kriegst du dein Kind eben gar nicht mehr zu sehen‹, hat Mama gekreischt, und Papa hat geantwortet, dass er sowieso bald weg ist. Die beiden streiten sich jeden Tag. Ich glaube wirklich, dass sie sich scheiden lassen.«

Wir schweigen, weil wir nicht wissen, was wir dazu sagen sollen.

»Bestimmt bekommt er mit der neuen Frau noch ein Kind«, sagt Karla schluchzend und vergräbt ihr Gesicht in der Bettdecke. »Und Mama macht gar nichts, damit Papa bleibt. Sie schreit ihn immer nur an.«

»Na ja«, sagt Anne vorsichtig. »Für deine Mutter ist es bestimmt sehr schwierig, dass er eine neue Freundin hat, da kann sie wahrscheinlich nicht immer ruhig und vernünftig reagieren.«

Karla schaut uns aus ihren verheulten Augen an. »Aber sie könnte doch ein bisschen freundlicher sein, dann würde er bestimmt nicht weggehen.«

Wir haben es ganz klar mit einem Papa-Kind zu tun. Die arme Karla. Bei ihr zu Hause scheint die Hölle los zu sein. Die Mutter tut mir auch irgendwie leid. Es muss schrecklich sein, zu sehen, wie sich der eigene Mann in jemand anderen verliebt. Ich spreche aus eigener Erfahrung. Also, äh, na ja, wobei Noah natürlich nicht mein Ehemann ist. Egal!

»Hat dein Vater denn mit dir darüber geredet?«, will Sophie wissen.

»Ja, schon. Er hat gesagt, dass er sich mit Mama nicht mehr richtig versteht und dass es für alle besser ist, wenn er auszieht.«

So viel hat Karla noch nie von sich erzählt. Wie verzweifelt muss sie sein!

»Ich glaube, dass ich schuld bin.«

»Wieso das denn?«, fragen Sophie und ich wie aus einem Mund.

»Weil ich als Kind ständig Bronchitis hatte und Mama sich so viel um mich kümmern musste. Und deswegen kaum noch Zeit für Papa hatte.«

Ich schüttele den Kopf. »Aber Karla, dafür kannst du doch nichts! Und bestimmt ist das nicht der Grund, warum deine Eltern sich nicht mehr verstehen.«

Karla zuckt nur mit den Schultern.

»Das ist wirklich Quatsch, Karla!«, sagt Anne in ihrer direkten Art. »Du bist doch nicht schuld an der Trennung deiner Eltern!«

»Aber sie haben sich auch meinetwegen gestritten. Es wäre sicher besser, wenn ich nicht mehr da wäre. Dann würden sie sich bestimmt wieder vertragen.«

»Bist du deswegen ins Watt gegangen? Also, wolltest du, äh, hattest du vor, also …«, stammelt Sophie.

Mein Herz beginnt zu rasen. Wollte Karla sich etwas antun?

»Ich war so verzweifelt und wollte irgendwohin, nur weg. Dabei habe ich nicht mehr daran gedacht, wie gefährlich es draußen im Watt ist. Als die Flut kam, habe ich mich wahnsinnig erschrocken. Das ging so schnell. Durch den Priel konnte ich nicht mehr, der war sofort vollgelaufen und die Strömung so heftig. Zum Glück war da die Sandbank. Ich habe um Hilfe gerufen, aber niemand hat mich gehört. Und dann kamt ihr.« Karla beginnt, lauthals zu schluchzen, und fällt mir in die Arme. »Natürlich wollte ich mich nicht umbringen.« Wieder weint sie Rotz und Wasser.

»Na, ist ja alles gut gegangen«, tröste ich sie. Karlas salzige Tränen tropfen auf mein Sweatshirt.

»Deine Eltern würden einen Mordsschreck kriegen, wenn sie wüssten, was passiert ist. Sei mal sicher«, meint Sophie. »Die wären richtig unglücklich, wenn dir was passiert!«

»Ich weiß nicht so recht!«, sagt Karla zögerlich.

»Mensch, was denkst du denn? Du bist ihre Tochter«, redet sich Sophie in Rage. »Meine Eltern sind auch oft total sauer auf mich, aber machen sich in die Hose, wenn ich mal eine halbe Stunde zu spät komme.«

»Ich will nicht, dass Papa wegzieht! Ich liebe ihn doch!« Karla laufen die Tränen übers Gesicht.

»Und er dich auch. Und deine Mutter liebt dich auch. So eine Liebe vergeht nie, egal, wo man lebt«, flüstert Sophie in Karlas Haar und klingt so abgedroschen wie meine Mutter, als mein Hamster starb.

Etwas Besseres wäre mir allerdings auch nicht eingefallen.

Vom Hof dringen Stimmen nach oben.

»Schickt Herr Christen mich jetzt nach Hause?«, fragt Karla wehleidig.

»Nein, bestimmt nicht. Er weiß es ja auch gar nicht«, sagt Anne und geht zum Fenster. Im nächsten Moment stößt sie einen kleinen Schrei aus. »Ach, du lieber Himmel! Ihr glaubt nicht, wer gerade gekommen ist.«

»Wer denn?«, frage ich und springe auf.

Doch Anne schubst mich rigoros vom Fenster weg und versteckt sich selbst hinter der gelben Gardine. »Bleib, wo du bist«, befiehlt sie mir in einem Tonfall, den ich nicht von ihr gewohnt bin.

»Ist es die Polizei?«, frage ich ängstlich und schleiche mich in Richtung Fenster.

»Viel schlimmer«, gibt Anne mit belegter Stimme zurück. »Unsere Mütter!«

16

»WAAAAA…« Mir bleiben die Worte in der Kehle stecken, als ich Annes weit aufgerissene Augen sehe.

»Sei ruhig, sie dürfen uns nicht hören!«

Geduckt schleiche ich zum Fenster, Sophie dicht hinter mir.

»Ist meine Mutter etwa auch dabei?«, fragt Karla und erntet ein erneutes »Pssst« von Anne.

Wir beziehen Stellung hinter der Gardine, die unser einziger Schutz ist. Denn keine acht Meter Luftlinie von uns entfernt stehen sie mit Sonnenbrille und Strohhut gut gelaunt im Innenhof: Annes Mutter, Max' Mutter und meine!

»Max wird ausflippen!«, flüstert Sophie. »Gott sei Dank ist meine nicht dabei.«

»Sehr witzig«, gebe ich leise zurück und schaue wieder auf den Hof, weil ich hoffe, dass das Ganze nur eine Fata Morgana, oder besser gesagt, eine Mama Morgana, ist.

Doch weit gefehlt. Ich glaube meinen Augen nicht zu trauen, als auch noch Herr Christen im Hof auftaucht und seine Arme um die Schultern unserer Mütter legt.

»So, meine Damen«, höre ich ihn fröhlich flöten, »dann

wollen wir doch mal sehen, wo die Kinder sind. Max, such doch mal Lu und Anne. Die werden sich freuen.«

Max bewegt sich nicht von der Stelle. Vor Schreck scheint er zur Salzsäule erstarrt. Was, bitte schön, haben die hier verloren?

»Das war bestimmt die Idee meiner Mutter«, stöhnt Anne, »weil wir doch die Wohnung hier haben.«

Unsere anderen Mitschüler stehen ebenfalls ratlos vor dem Landschulheim. Sie scheinen genau wie wir zu hoffen, dass der Spuk bald vorbei ist.

»Frau Schneider, Frau Freese, setzen Sie sich doch noch einen Moment auf die Bank vor dem Haus.« Herr Christen scharwenzelt um die Damen herum, so als wolle er sie alle gleichzeitig zum Abiball ausführen. Widerlich. Und meine Mutter, die einen mondänen weißen Hosenanzug mit pinker Bluse trägt, lässt es sich nur zu gern gefallen. Das sehe ich daran, wie sie lacht. So künstlich und affektiert! Was denkt die sich eigentlich, hier einfach so aufzutauchen? Ob Papa davon weiß?

»Kommen die jetzt gleich zu uns hoch?«, will Karla wissen.

In unserem Zimmer macht sich Panik breit, denn bei uns herrscht das pure Chaos. Ein unaufgeräumtes Zimmer und, was noch viel dramatischer ist, eine völlig verheulte Karla. Wenn sie Karla sehen, werden sie sofort wissen wollen, was passiert ist. Und Herr Christen wird in seinem strengsten Tonfall fragen: »Ja, was ist hier eigentlich los?« Spätestens dann sind wir alle dran.

Ich blicke noch mal aus dem Fenster und beobachte, wie

Herr Christen Annes Mutter lachend eine Hand auf den Rücken legt.

»Ist der Christen eigentlich verheiratet?«, überlege ich.

»Was hast du denn jetzt für Sorgen?!«, erwidert Anne genervt. »Keine Ahnung. Mir doch egal.«

Christen und die Mütter stecken die Köpfe zusammen, dann springen die Mütter wieder auf und begeben sich in Richtung Eingangstür. Das war's. Tschüs, du schöne Klassenfahrt.

Plötzlich naht unerwartet Hilfe in Form von zwei Filzpantoffeln und einer geblümten Schürze.

»Na, wo wollen Sie denn wohl hin?« Frau Krulle schießt aus der Tür und schwingt ihr Küchentuch wie ein Ritter, der mit seinem Schwert die Burg verteidigt.

Selten habe ich die autoritäre Stimme der Krulle lieber gehört als in diesem Moment. Die kleine Gruppe, angeführt von Herrn Christen, bleibt abrupt stehen. Frau Krulle wedelt wild mit dem Tuch in der Luft herum.

»Äh, das sind Mütter von einigen Schülern«, stellt Herr Christen die aufgetakelte Frauentruppe vor.

Noch während er spricht, schüttelt die Krulle den Kopf: »Hier sind keine Eltern erlaubt.«

»Aaaach, aber liebe Frau Krulle, da können wir doch auch mal ein Auge zudrücken.« Christen versucht es auf die galante Art. »Denken Sie mal an die Kinder, die werden sich total freuen.«

Anne verdreht die Augen. »Der macht wohl Witze!«

»Ich sagte, hier sind keine Eltern erlaubt.« Frau Krulle

klingt wie eine Mutter, die ihrem ungezogenen Kleinkind zum wiederholten Mal erklärt, dass es auf der Stelle schlafen soll.

»Oh. Okay.« Meine Mutter, die eben noch so unnatürlich laut über eine Bemerkung von Herrn Christen gelacht hat, ist auf einmal ganz kleinlaut.

»Wenn Sie da jetzt reingehen, dann können Sie Ihre Kinder auch gleich mit nach Hause nehmen«, droht Frau Krulle, wirft sich das Handtuch über die Schulter und stapft kopfschüttelnd zurück ins Haus.

In dem Moment vernehmen wir Jans Stimme. Ich verrenke mir so unauffällig wie möglich den Hals, um nichts zu verpassen.

»Die sind sowieso nicht da«, sagt er. »Wollten noch irgendwo am Strand spazieren gehen. Ich weiß nicht genau, wo. Und was Frau Krulle sagt, ist richtig. Hier kommen nie Eltern her.«

Dieser Mann ist ein Glücksfall für jede Klasse.

»Oh!«, sagt Annes Mutter. »Alleine am Strand spazieren? Das ist gefährlich. Nicht dass sich die Kinder im Wattenmeer verirren.«

»Gefährlich?«, wiederholt Jan, und nur wir können den Unterton richtig deuten. »Nein, wir haben schon eine gemeinsame Wattwanderung gemacht. Die Schüler wissen bestens Bescheid. Außerdem ist unsere Küstenwache immer ganz schnell zur Stelle, wenn Hilfe benötigt wird. Machen Sie sich keine Sorgen.«

»Apropos Hilfe«, sagt Annes Mutter. »Ich wollte Anne

auch noch den Erste-Hilfe-Koffer geben. Vielleicht können Sie dafür sorgen, dass sie ihn bekommt.«

Anne stöhnt hörbar auf.

Max' Mutter tritt von einem Fuß auf den anderen. Sie sieht als Einzige der Damen so aus, als sei ihr die Aktion doch etwas unangenehm.

»Wir gehen dann mal«, meint sie zu Herrn Christen. »Sie wissen, wo Sie uns finden. Und morgen Nachmittag um 16 Uhr dann im Café, okay? Wir laden alle ein.«

Christen nickt begeistert. »Wir werden da sein.«

»Und Lu kann sich ja mal bei mir melden«, ruft meine Mutter noch, sodass die ganze Klasse es hört. Ob sie unter Medikamenteneinfluss steht? Diesen peinlichen Auftritt verzeihe ich ihr nie!

Annes Mutter drückt Jan den Erste-Hilfe-Koffer in die Hand, dann steigen unsere Mütter auf ihre Räder und verschwinden von der Bildfläche.

»Sind sie weg?«, fragt Karla.

»Ja!« Sophie atmet erleichtert auf.

»Sag mal, hat die sie noch alle?«, ruft Anne. »Erste-Hilfe-Koffer, die spinnt wohl!«

Wir schimpfen alle durcheinander, nur Karla sackt in sich zusammen. »Wenn meine Mutter mich wirklich mögen würde, dann wäre sie doch auch hier, oder?«

Ich atme laut aus. »Karla, die Situation mit deinen Eltern ist bestimmt schwierig, aber freu dich bitte, dass deine Mutter *nicht* hier ist!«

Klar denke ich auch manchmal, dass meine Mama mir

ihre Zuneigung mehr zeigen könnte, in Form von Geldspenden beispielsweise. Allerdings glaube ich, dass die Nummer hier eher ein weiblicher Selbstverwirklichungstrip ist.

»Unsere Mütter haben sich doch neulich mal getroffen«, erinnert sich Anne.

Ich nicke. »Bestimmt haben sie da was ausgeheckt.«

»Zu dumm, dass mein Vater gerade auf Geschäftsreise ist«, sagt Anne, »der hätte sie sonst sicher davon abgehalten.«

Warum hat mein Papa sie nicht aufgehalten? Bestimmt weiß er nichts von dieser verrückten Aktion!

Es hämmert an die Tür. Max steht atemlos davor, Ben und Noah im Schlepptau.

»Habt ihr das mitbekommen? Das ist ja eine Katastrophe, oder?«, ruft Max.

Ich winke den anderen zu. »Lasst uns mal runtergehen. Ich will wissen, was da abgeht. Und wieso der Christen auf einmal einen auf Charmeur macht.«

»Ach, da seid ihr ja. Jan meinte, ihr wärt am Strand.« Christen legt mir einen Arm um die Schulter, so als habe er gerade die Adoptionspapiere für mich unterschrieben.

»Wir sind eben zurückgekommen. Was ist hier los? Stimmt es, dass unsere Mütter hier sind?«, frage ich gespielt überrascht.

»Wir waren im Ort und haben noch ein Fischbrötchen gegessen. Tja, und da sind uns eure Mütter über den Weg gelaufen! Sie sind bei euch in der Wohnung, Anne«, sagt Herr Christen und strahlt bis über beide Ohren.

»Wusst' ich's doch«, schnaubt Anne.

»Was soll denn das?«, rege ich mich auf. »Unsere Eltern können doch nicht einfach hier auftauchen, ohne Vorankündigung. Das ist ja wohl eine Frechheit!«

Christen hebt beschwichtigend die Arme. »Nun habt euch mal nicht so. Ist doch nett.« Dass er es nett findet, bei drei Frauen der Hahn im Korb zu sein, ist offensichtlich. »Morgen treffen wir uns mit ihnen im Café Schult. Die machen prima Torten dort.«

»Das ist mir doch egal. Ich treffe mich ganz bestimmt nicht mit meiner Mutter zum Tortenessen«, sage ich genervt. »Das kann ich zu Hause jeden Tag machen.«

»Luise!« Mein Lehrer scheint mir anzusehen, dass ich kurz davor bin, das ganze Schullandheim mit einer Axt auseinanderzunehmen. »Sie sind extra den ganzen Weg hierhergekommen.«

»Dann können sie den Weg auch gerne sofort wieder zurücknehmen«, schlägt Anne vor. »Jetzt, wo sie ihn schon kennen.«

Christen lacht gekünstelt. Unsere Reaktion scheint ihn zu überraschen. »Vielleicht schlaft ihr erst mal eine Nacht darüber. Morgen ist ein neuer Tag, und da sieht die Welt schon ganz anders aus. Wie geht's denn eigentlich Karla inzwischen?«

Marie Schütze baut sich vor Christen auf. »Es geht ihr schon besser. Aber sie schläft noch und sollte nicht gestört werden.«

Sophie und ich nicken bestimmt.

»Ich gebe euch mal eure Handys, dann könnt ihr eure Mütter anrufen«, verkündet Herr Christen feierlich.

Das kann nicht wahr sein! Absolutes Handyverbot, aber in diesem Fall macht er eine Ausnahme. Ganz bestimmt werde ich nicht meine Mutter anrufen.

Max winkt ebenfalls ab. »Die stand doch eben noch hier neben mir. Warum soll ich sie jetzt auch noch anrufen?«

Ich greife mir das Handy und verschicke eine SMS:

Papa!! Mama ist hier auf Amrum mit Annes Mutter. Wusstest du davon? Ich flippe komplett aus!

Ich sehe, dass von Mama zwei SMS eingegangen sind.

Schätzchen, wie geht es dir? Ich bin hier, und wir sehen uns morgen. Freue mich schon sehr. Küsschen!

Das denkst auch nur du! Ich öffne die zweite SMS.

PS: Abends soll es hier noch recht frisch sein. Bind dir lieber ein Tuch um den Hals.

Ich schicke eine SMS zurück.

Würdest du es bitte unterlassen, mir SMS zu schicken. Du gefährdest damit meinen Leib, mein Wohl und meine Versetzung!

17

»UND DA SASSEN sie einfach so dort!«

Ich rolle mit den Augen und schiebe meinen Teller beiseite. Mir ist der Appetit vergangen. Christen hat kein anderes Thema mehr als unsere Mütter.

Wie Papa es wohl fände, wenn er wüsste, dass seine Frau und mein Lehrer gerade ihren zweiten Frühling auf Amrum erleben? Vielleicht bin ich ungerecht zu Mama und ihrer pinken Bluse, aber das geht hier doch alles nicht mit rechten Dingen zu.

»Warum sind die denn nicht einfach nach Sylt gefahren?«, fragt Sophie und schmiert sich Honig auf ihr Graubrot.

»Weil meine blöden Eltern diese bekloppte Wohnung hier gekauft haben.« Anne wird sich auch noch Vorwürfe machen, wenn sie in Rente geht, und sicher, ganz sicher wird sie niemals ein Domizil auf einer Nordseeinsel erstehen.

»Und? Was war hier gestern noch so los?«, wechselt Christen überraschend das Thema.

»Nichts, gar nichts!«, erwidert Marie Schütze prompt. »Können Sie mir noch mal den Pfefferminztee reichen?«

Herr Christen langt quer über den Tisch, um unserer Referendarin Tee nachzuschenken. »Ach, dann haben Sie gar nichts von dem Hubschraubereinsatz mitbekommen?«, fragt er erstaunt. »Wahrscheinlich hat eine Frau Wehen bekommen und musste von der Insel geflogen werden. Hier gibt es ja keine Geburtsklinik.«

»Wie kommen Sie denn darauf?«, will Sophie wissen.

»Hat Jan mir erklärt.« Herr Christen nickt in Richtung des anderen Tischs, wo Jan sitzt und sich intensiv mit Karla unterhält, die bisher noch keinen Bissen zu sich genommen hat. »Der weiß alles!«

Allerdings, denke ich. Der weiß sogar mehr als du!

Plötzlich steht Herr Christen auf und geht zu Jonas Starck, der sich daraufhin ebenfalls erhebt.

»Hey, Leute, sperrt mal die Lauscher auf, wir haben einen coolen Plan!«, verkündet Jonas Starck und zwinkert uns zu. »Heute Abend ist Beachparty angesagt, und zwar für alle!«

Nun meldet sich auch Herr Christen zu Wort: »Genau, wir wollen ein Lagerfeuer am Strand veranstalten, weil heute leider schon der letzte Abend der Berliner Klasse ist.«

»Ach, wie schade«, zische ich Sophie zu, die mich angrinst.

»Jan macht nachher das Feuer klar«, erklärt Jonas Starck. »Solange können wir noch ein bisschen chillen.«

Herr Christen kommt zurück zu uns an den Tisch, und mir schwant Böses. »Gehe ich recht in der Annahme, dass ich zu diesem Anlass nicht eure Mütter einladen soll?«, fragt er uns allen Ernstes.

Klar, Herr Christen, ich sitze am Lagerfeuer, singe Lieder zur Gitarre und halte dabei links meine Mutter und rechts Noah im Arm.

»Auf gar keinen Fall!«, entgegne ich unwirsch, und damit ist das Gespräch für mich und Anne beendet.

»Juuuuhuu, Mäuschen!« Eine sonnenblumengelbe Bluse rennt mir entgegen.

»Na, Mama«, sage ich betont cool und wehre ihre Umarmung ab. »Was ist das denn hier?«, frage ich.

»Das ist ein Café, und wir möchten euch alle einladen!« Sie macht eine ausladende Handbewegung in die Runde. Sowohl Annes als auch Max' Mutter springen auf und stürmen auf uns zu.

»Lu, du hast so eine komische Nachricht geschickt. Die habe ich nicht ganz verstanden.«

Ich winke ab. Offenbar hat ihr die Amrumer Sonne die letzten Hirnzellen weggebrannt. Wer diese klaren Worte nicht versteht, der kapiert gar nichts mehr.

»Ach, das war auch nicht so wichtig«, entgegne ich. Verstohlen gebe ich Anne ein Zeichen, mir einen Platz am anderen Ende des Tischs freizuhalten. »Ich setze mich jetzt mal zu den anderen, Mama.«

»Das ist so megapeinlich«, flüstere ich Anne zu.

»Das kannst du laut sagen!« Anne sieht aus, als würde sie am liebsten im Boden versinken.

Aus den Augenwinkeln beobachte ich Noah und merke, wie ich rot werde. Was muss er wohl denken? Ich werde bis in alle Ewigkeit diejenige sein, über die die Leute sagen: »Lu? Ach ja, das war doch die, deren Mutter mal auf eine Klassenreise gekommen ist. War das Panne!« Bestimmt werde ich niemals einen Freund abkriegen, im ganzen Leben nicht, weil der befürchten muss, dass meine Mutter den Kopf zur Tür hereinsteckt, während wir es uns gerade vor dem Fernseher oder sonst wo gemütlich machen.

»Mein Leben ist gelaufen«, murmele ich Anne zu.

»Frag mich mal!«, gibt Anne mit hochrotem Kopf zurück. Sie stopft sich die Hälfte des Apfelkuchens plus Schlagsahne mit einem Happs in den Mund, weil sie weiß, dass ihre Mutter es nicht abkann, wenn sie schlingt.

Auf einmal steht Max' Mutter hinter uns, umarmt ihren Sohn und mustert ihn von oben bis unten. »Phantastisch schaust du aus!«, sagt sie. »Aber denk dran, dass du auch genug Obst isst.«

Max wird feuerrot im Gesicht. Ein paar Mädchen fangen an zu kichern. Er tut mir echt leid. Schlimmer kann es kaum kommen. Denkste.

»Mäuschen!«, ruft meine Mutter und tänzelt in ihrer sonnenblumengelben Bluse auf mich zu. Ob es diese Augenkrebs-Kollektion irgendwo im Angebot gab? Ich befürchte, dass in ihrem Koffer noch zwei weitere Exemplare in Grasgrün und Korallenrot lagern könnten.

»Mama, verschwinde«, zische ich ihr zu, was sie gänzlich überhört.

»Und, hattet ihr schon so richtig Spaß hier?«, fragt sie fröhlich in die Runde und zwinkert Noah zu.

Nein, hatten wir nicht. Und ich werde auch in meinem Leben keinen Spaß mehr haben, wenn sie nicht sofort mit dem Theater aufhört.

Doch das Drama hat gerade erst begonnen. »Läuft es gut zwischen euch?«, fragt meine Mutter im Flüsterton.

Dumm nur, dass meine Mutter selbst im Flüsterton so laut spricht, dass es die Leute am Nebentisch noch hören können. Und da Noah mir schräg gegenübersitzt, ist ihm die Frage meiner Mutter sicher nicht entgangen.

Jetzt ist alles zu spät. Da habe ich die letzten Tage so sehr an meiner Performance gearbeitet, um selbstbewusst und unabhängig zu erscheinen, und was macht meine Mutter? Mit einem Satz macht sie alles zunichte.

»Mama, ich rufe Papa an und sag ihm, dass er dich abholen soll«, raune ich ihr zu.

»Ach nein, Lu. Er arbeitet so viel und freut sich, dass wir beide uns hier erholen.«

Ich glaube ihr kein Wort. Bestimmt hat sie Papa gar nicht eingeweiht. Er darf nicht eingeweiht sein, sonst beantrage ich die Scheidung, die Vater-Tochter-Scheidung. Die Trennung von meiner Mutter ist abgemachte Sache.

»Nun sag doch schon, Mäuschen, versteht ihr euch denn gut?«, bohrt Mama nach und zerstört in ihrer sonnengelben Bluse meine rosarote Zukunft.

Nein! Bitte, lieber Gott, mach, dass ich das alles nur träume.

»Nicht aufregen, Lu!«, versucht Anne, mich zu beruhigen.

Doch inzwischen fühle ich mich wie ein Stier, der nur noch rotsieht. Und das rote Tuch ist in diesem Fall ganz klar meine Mutter. Jetzt denken alle, dass ich total in Noah verknallt bin, was zwar stimmt, aber dadurch noch viel unangenehmer ist, weil ja alle wissen, dass er auf Jenny steht. Meine Mutter hat nicht den Hauch einer Ahnung, was sie mir antut.

Ich will ihr gerade an die Gurgel springen oder mich auf der Cafétoilette ins Nirwana runterspülen, als ich eine Stimme höre.

»Ja, Lu ist immer für andere da. Sie kümmert sich wirklich toll um ihre Freunde.« Noah blickt meine Mutter direkt an. Nicht zu freundlich, aber schon so, dass klar ist, dass sie bitte nicht weiterfragen soll.

Ich danke ihm. Aber was genau meint er damit? »Lu ist immer für andere da?« Soll das heißen, dass ich allen genauso auf die Nerven gehe wie meine Mutter? Ich bin gerade zu verwirrt, um seine Worte richtig zu deuten. Auf jeden Fall freue ich mich, dass er sich eingemischt hat.

»Danke!«, forme ich mit den Lippen in seine Richtung. Keine Ahnung, ob er das verstanden hat. Meine Mutter jedenfalls hat sich auf ihren Platz verzogen.

Nachdem die peinliche Situation überspielt ist, läuft Herr Christen wieder zu Höchstform auf, umschwirrt unsere Mütter wie ein emsiges Bienlein, bietet Kaffee an und ordert frische Schlagsahne.

»Wer möchte denn noch etwas?«, fragt er und meint damit lediglich die 40-plus-Generation an unserem Tisch.

»Und ihr esst mal nicht zu viel«, wendet er sich an uns. »Vielleicht machen wir am Lagerfeuer nachher noch Stockbrot!«

»Oh, die Klasse veranstaltet ein Lagerfeuer?«, meldet sich Annes Mutter begeistert zu Wort.

»Ja, aber das ist nur für uns«, gibt Anne pampig zurück.

»Na, na, na!«, weist Herr Christen uns zurecht. »Eine Berliner Klasse ist auch mit von der Partie. Das wird ein launiges Beisammensein!«

Ein launiges Beisammensein. Dass ich nicht lache! Was für Ausdrücke verwendet unser Lehrer da? Auf einmal ist meine Sympathie für ihn wie weggeblasen. Ich hätte es doch gleich wissen müssen. Mit seinen Funktionshosen wirkt er so harmlos, dabei hat er es faustdick hinter den Ohren!

»Wir würden dann gerne unter uns sein«, erklärt Anne.

Auf ihr Zeichen hin stehen wir auf, lassen einen verdutzten Lehrer, drei erstaunte Mütter und einige angebissene Tortenstücke zurück.

18

»**OJE! WAS SOLL ICH** bloß anziehen?« Sophie wühlt in ihrer Tasche. »Den blauen Kapuzenpulli oder lieber doch die beige Strickjacke?«

»Also, ich zieh mir zwei Pullover übereinander an. Abends ist es ganz schön kalt am Meer«, wirft Anne ein.

»Nee, ich will doch nicht aussehen wie ein Michelin-Männchen! Das Feuer wird uns schon wärmen«, erwidert Sophie und schlüpft in ihre enge Jeans.

»Was ist denn mit dir, Karla?«, fragt Anne. »Willst du dich nicht umziehen?«

»Nö. Ich bleibe im Zimmer. Nach dem Tag gestern bin ich viel zu erschöpft. Aber macht euch keine Sorgen.«

»Nix da. Du kommst schön mit.« Ich klinge bestimmt und energisch. Marie Schütze und Jan würden es nie erlauben, dass Karla alleine bleibt.

»Schon gut.« Seufzend erhebt sie sich und greift nach ihren weißen Sneakers.

»Und, Lu, hast du schon einen Plan für heute Abend?«, will Anne wissen.

»Genau, das Lagerfeuer ist doch *die* Gelegenheit!«, meint Sophie. »Ist es nicht romantisch, gemeinsam am Feuer zu sitzen und Stockbrot zu backen?«

Tja, was ist mein Plan? Nachdem meine Mutter macht, was sie will, habe ich beschlossen, das Gleiche zu tun. Ich tue jetzt nur noch, was mir Spaß macht. In diesem Fall wäre das, mich auf Noah zu stürzen und ihn wild und heftig abzuknutschen. Ich weiß, ich phantasiere. Also gut, so in der Art zumindest. Die gemeinsame Bernstein-Erfahrung, der Spaziergang am Strand, die Blödeleien, Karlas Rettungsaktion, all das hat uns doch irgendwie zusammengeschweißt, finde ich. Trotz Jenny-Pute. Viel enger noch als an dem Tag, an dem wir gemeinsam im Kino saßen und ich danach einfach nicht wusste, woran ich bin. Jetzt weiß ich zwar immer noch nicht, woran ich bin, aber ich will es endlich herausfinden. Nachdem durch Mamas peinliche Ansprache meine Chancen im Grunde auf minus tausend gesunken sind, kann ich nur noch aufs Ganze gehen. Wenn es klappt, hurra. Dann ziehen wir sofort zusammen. Wenn nicht, wandere ich aus. Daran ist Mama selbst schuld, denn durch ihr unbedachtes Handeln hat sie ihrer Tochter den Freischein zum Vamp-Sein gegeben.

»Auf jeden Fall sollte sich Jenny warm anziehen, denn heute Abend werde ich ihr nicht das Feld überlassen«, verkünde ich selbstbewusst. Ich tusche mir ein wenig die Wimpern und schlüpfe in meinen Jeansrock. Von Sophie leihe ich mir ein T-Shirt, auf dem »I am crazy!« steht.

Das bin ich. Verrückt nach Noah.

Das Feuer brennt schon. Kurz wird mir ganz anders, als ich Jenny sehe, aber Noah hockt weit von ihr entfernt am Feuer. Unauffällig lasse ich mich neben ihn in den Sand fallen. Sophie schleift Karla mit ans Feuer und überlässt ihr den Platz zwischen uns. So haben wir sie bestens im Griff.

»Hey, cool, was geht?!«, begrüßt uns Jonas Starck. »Unsere Klasse hat ein Lied umgedichtet, und wenn ihr Bock habt, singen wir euch das mal vor.«

Natürlich hat der Berliner Surferboy auch eine Gitarre am Start. Gedankenverloren beginnt er zu klimpern.

»Dann mal los mit der Singerei«, ruft Ben.

»Wir haben *Tage wie diese* von den *Toten Hosen* umgetextet«, verkündet Jonas Starck und sieht dabei so stolz aus, als hätte er gerade den *Echo* gewonnen.

Nach ein paar Takten auf der Gitarre beginnt er zu singen.

»Ich wart seit Wochen auf diesen Tag
Und tanz vor Freude über diesen Sand,
Als wär's ein Rhythmus, als gäb's ein Lied,
Das mich immer weiter durch die Dünen zieht.«

Okay, denke ich und beobachte die Schüler aus Berlin. Einige grinsen und drehen sich verlegen weg. Wieder andere sind offenbar Feuer und Flamme. Ich finde, es ist eine schwache Vorstellung. Bisher hat Jonas Starck exakt zwei Wörter dieses genialen Songs umgedichtet. Strand und Dünen. Von so einem lässigen Pädagogen hatte ich irgendwie mehr erwartet. Ich lache auf, aber das geht unter, weil die Berliner Klasse gerade lauthals in den Refrain einstimmt, Jenny vorneweg:

»An Stränden wie diesen wünscht man sich Unendlichkeit.
An Stränden wie diesen haben wir noch ewig Zeit.
Wünscht man sich Unendlichkeit.«

Das war ein neues Wort. Der letzte Ton klingt aus, und Jonas horcht ihm mit verträumtem Blick noch einen Augenblick lang nach. Ich beobachte, wie Herr Christen die Stirn in Falten legt und sich nachdenklich am Kinn kratzt. Seine neu entdeckte Jugend hin oder her, das ist ihm dann doch zu viel Theatralik und zu wenig Einfallsreichtum. Jans Mimik ist schwer zu deuten, ich könnte mir aber vorstellen, dass ihn der Amrumer Shantychor mehr begeistert als der Berliner Lehrer-Gig.

Verhaltener Applaus ertönt, und ich kralle mich in Sophies Arm fest, um nicht laut herauszuplatzen. So ein Lauch, dieser Lehrer. Null Esprit.

»Wie lange haben Sie denn daran gesessen?«, fragt ein Mädchen mit großen Augen. »Das war echt genial!«

Noah stupst mich in die Seite, und ich grinse.

»Ach, ich mache so was ja häufiger«, erklärt Jonas Starck und streicht sich durch die sonnengebleichten Haare. »Aber an dem Lied habe ich schon etwas länger getüftelt. Für die Klassenreise sollte es etwas ganz Besonderes sein.«

Ich hoffe inständig, dass allen Mädchen in diesem Moment bewusst wird, was für einen Waschlappen sie da anhimmeln. Einen Musiklehrer, der sich mit stümperhaft umgedichteten Liedern als ganz großer Künstler in den Mittelpunkt spielen will.

»Und nun lasst uns alle zusammen den Refrain singen!«, ruft Jonas Starck, so als habe er uns nicht schon genug gequält.

Ich flüstere Noah etwas ins Ohr, er erwidert etwas, das ich Sophie zuraune, und schon geht es los.

»An Stränden wie diesen«, beginnen wir und fahren lauthals schreiend fort, »wünscht man sich Feuer und Scheit. In Nächten wie diesen bekämpfen wir die Dunkelheit. Wünsch ich mir 'ne Cola light!«

Begeisterter Jubel unserer Klasse flammt auf. Auch die Berliner finden es offenbar ganz originell, trauen sich aber nicht, ihren Lehrer zu verraten.

Nur Jenny muss natürlich wieder ihren Senf dazugeben. »Na ja, ganz okay. Aber bei Jonas steckt irgendwie mehr Gefühl drin.«

Schlechte Verliererin. Herr Christen steht mit Jan am Rand, lässt sich ein Kaltgetränk schmecken und blickt stolz in unsere Richtung.

Allerdings wird er abgelenkt, weil plötzlich drei Gestalten in den Schein des Lagerfeuers treten.

»Wir haben Gesang gehört«, sagt Annes Mutter statt einer Begrüßung. Meine Mutter versucht, meinen Blick einzufangen, ich schaue aber bewusst weg. Hoffentlich wird den dreien schnell klar, dass sie hier nicht erwünscht sind.

»Hallo, die Damen, setzen Sie sich doch«, lädt Herr Christen die Mütter-Gang tatsächlich ein, neben ihm Platz zu nehmen. Das lassen sie sich nicht zweimal sagen. Max' Mama zaubert eine Weinflasche aus der Innentasche ihrer Jacke.

»Alkohol?«, fragt Anne. »Vor unseren Augen?«

»Natürlich nur für die Erwachsenen«, erwidert Herr Christen, der seine Aufsichtspflicht in dem Moment sträflichst vernachlässigt. Jonas Starck, der noch nicht einmal weiß, wie man Verantwortung und Aufsicht buchstabiert, wittert eine weitere Chance und schnappt sich seine Gitarre.

»Von mir kam die Musik!«, flötet er in die Richtung unserer Mütter.

Daraufhin bekommt Max' Mutter ganz glasige Augen und macht fahrige Bewegungen. Dieser blöde Starck ist ein Mehrgenerationen-Herzensbrecher.

»Toll! Sie können aber schön singen«, schwärmt meine Mutter verzückt, und ich schnaufe entnervt. Wenn das Papa wüsste! Mann, der hat keine Ahnung von Musik und klimpert einfach nur dumm auf seiner Gitarre rum! »Können Sie *Blowing in the Wind* spielen?«, setzt meine Mutter noch einen drauf, und ich wünsche mir, auf der Stelle im Sand zu versinken.

Was Noah wohl denkt? Jennys Eltern würden bestimmt niemals so eine peinliche Nummer abziehen.

»Na klar!«, sagt Jonas Starck, stimmt verträumt ein paar Takte an und legt dann los: »How many roads must a man walk down …«

»Before you call him a man«, steigen Herr Christen und die Mütter voller Inbrunst ein.

Derweil sind die beiden Klassen still geworden. Auch beim folgenden Refrain singen wir nicht mit, sondern hören beschämt dem »The answer my friend is blowing in the wind, the answer is blowing in the wind« zu.

»Ja, wir müssen dann auch mal ins Bett, unsere Fähre geht morgen sehr früh! Um 6 Uhr«, verabschieden sich die ersten Berliner.

Ein ganz klares Zeichen, dass ihnen der gehobene Altersdurchschnitt nicht zusagt.

»Voll uncool«, höre ich ein paar Jungs murmeln.

Mehrere Schüler stehen auf und packen ihre Wolldecken zusammen.

»Bleibt doch noch«, ruft Herr Christen nach der zweiten Strophe des Refrains. »Es ist doch gerade so schön hier am Feuer.«

Ich spüre ein Kribbeln am Kopf. An der Schläfe, direkt beim Haaransatz. Nicht etwa Migräne oder so etwas. Es kribbelt, weil Noah gerade meine Haare berührt hat, als er einem Berliner die Jacke gereicht hat. Die Berliner sind weg, die Mütter nerven, Zeit für mich, aufs Ganze zu gehen!

»Ich komme gleich wieder«, flüstere ich Noah zu und laufe zum Landschulheim zurück.

Leichtfüßig und freudig betrete ich mein Zimmer, um nach der Bernsteinkette zu suchen. Ich finde, es ist der richtige Moment, um sie Noah zu überreichen. Was kann schon passieren? Er kann sie ablehnen. Aber nach dem Auftritt meiner Mutter habe ich sowieso nichts mehr zu verlieren. Hektisch suche ich zwischen Socken, Taschen und Tüchern nach der Kette und finde sie in meinem Portemonnaie. Oh, das ist ja fast so, als würde man seinen Schlüssel am Schlüsselbrett finden. Viel zu gewöhnlich. Eigentlich ist es mir etwas unangenehm, was ich ins Herz habe eingravieren lassen, aber ich hoffe, dass er es richtig verstehen wird und nicht zu kitschig findet.

Bevor ich zurück zum Strand eile, werfe ich noch kurz einen Blick auf mein Handy. Ich habe zwei neue Nachrichten, beide von meinem Vater.

Aha, das ist also ihre Wellnesskur, verstehe.
Ich kümmere mich drum, LaLeLu!

Ein Lächeln huscht über mein Gesicht. Als ich ganz klein war, hat Papa mir zum Einschlafen oft »LaLeLu, nur der Mann im Mond schaut zu« vorgesungen. Seine Stimme klingt zwar wie ein nicht geöltes Fahrrad, aber für mich war es das schönste Lied, das ich je gehört hatte. Viel schöner jedenfalls als der pseudoumgedichtete Song des Berliner Lehrers. Und tausendmal besser als das elendige *Blowing in the Wind*.

Danke, PaPiPu!, schreibe ich zurück. Er wird sich freuen, denn so habe ich ihn seit meiner Einschulung nicht mehr genannt. Wenn er es liest, wird er wissen, dass ich wegen Mama kurz vorm Verzweifeln bin. Was er dann wohl tun wird? Ob er Mama bittet, sofort nach Hause zu kommen? Egal, Hauptsache, er macht was!

Doch ich will nicht länger an morgen denken, sondern mich auf das Hier und Jetzt konzentrieren. Auf dem Weg zum Strand laufe ich in meine Mutter hinein.

»Lu, da bist du ja. Du warst so schnell weg. Mann, ist das toll hier. Zeigst du mir euer Zimmer?«

»Nein, Mama, wir müssen jetzt auch ins Bett«, gebe ich kühl zurück.

Wann merkt sie endlich mal, dass der Moment gerade ganz schlecht ist? In einiger Entfernung sehe ich Herrn Christen und die anderen Mütter miteinander reden. Ich meine etwas davon zu hören, dass Herr Christen vorschlägt, sich noch im Pub zu treffen. Soll mir recht sein, Hauptsache, die Erwachsenen sind weg. Weit weg. Meine Mutter lässt sich durch Christens Einladung ablenken, und ich laufe schnell weiter zum Strand, wo Noah hoffentlich noch sitzt.

Das tut er auch. Aber nicht allein.

Der Platz neben ihm, auf dem eben noch ich saß, ist nicht mehr frei. An meine Stelle ist, na, wer wohl gerückt? Genau. Sie. Die scheinheilige Berliner Mistzecke. Ich sehe sie von hinten, wie sie Noah ihren Arm um die Schultern legt und er es sich nur zu gern gefallen lässt. Er flüstert ihr sogar etwas ins Ohr. Geschockt bleibe ich stehen und atme tief ein und aus. Dann mache ich auf der Stelle kehrt und renne ein paar Meter den Strand entlang. Mein Herz pocht wie wild, und meine Augen beginnen zu brennen, als ich mich hinter einer kleinen Sanddüne verstecke.

Wieso? Warum? Bin ich mit meiner Mutter nicht schon gestraft genug? Ich dachte, Jenny wäre endgültig abgehakt. Noah und ich haben uns doch gerade so gut verstanden! Das war doch ein erster Schritt, oder? Er hat mich vor meiner Mama verteidigt, wenn ich es richtig interpretiert habe.

Ich verstehe die Welt nicht mehr. Wutentbrannt lasse ich die blöde Bernsteinkette in meiner Hosentasche verschwinden und renne zurück zum Landschulheim. Auf meinem Weg fallen Tausende von Bernsteinen in den Sand. Denn die sind ja angeblich eine Metapher für Tränen.

19

»WO IST KARLA?« Sophie stürmt in unser Zimmer und macht das grellhelle Licht an.

Ich ziehe mir die Bettdecke über den Kopf, damit Sophie nicht sieht, was für ein verheultes Gesicht ich habe. Wie lange ich hier schon im Dunkeln liege, grübele und weine, weiß ich nicht.

»Keine Ahnung!«, kommt meine dumpfe Antwort. Eine Sekunde später wird mir die Decke weggezogen.

»Was ist denn mit dir los?« Sophie stöhnt auf. »Sind jetzt alle verrückt geworden? Wieso heult hier jeder?«

Ich schniefe und frage mich, wieso meine beste Freundin meine Trauer nicht richtig würdigt. Normalerweise würde sie ihre Trost-Stimme einsetzen und mich ganz in Ruhe fragen, was vorgefallen ist, um dann Noah zu beschimpfen, mich in den Himmel zu loben und am Ende blöde Witze zu machen. All diese Schritte fallen heute aus.

»Ist Karla hier?«, fragt sie erneut.

»Nein!«, antworte ich gereizt. Ich bin ihr wohl völlig egal.

Auf einmal geht mir auf, dass wir schon wieder ein Problem haben könnten. »Was ist denn mit Karla?«

»Sie ist weg«, sagt Sophie. »Hast du nicht mitbekommen, dass sie am Strand in Tränen ausgebrochen ist?« Ich schüttele stumm den Kopf. Leider war ich zu sehr mit meinen eigenen Tränen beschäftigt.

»Sie hat eure fröhlichen, singenden Mütter angestarrt, plötzlich gemurmelt, dass sie ins Bett will, und ist dann direkt zum Landschulheim gelaufen.«

Ich stehe auf und ziehe mir schnell eine Hose über. »Hier war sie nicht. Ich habe die ganze Zeit hier geheu–, äh, also, hier gesessen.«

Die Tür wird aufgerissen, und Anne kommt atemlos ins Zimmer. »Ist Karla hier?«

»Nein!«, wiederhole ich.

»Mist! Los, wir müssen Marie Schütze Bescheid sagen.«

Unsere Referendarin sitzt vorm Landschulheim auf einer Bank und spricht leise in ihr Handy. »Ich dachte, du schaust dir die Wohnung an?«, höre ich sie sagen. »Wie, du willst es dir noch mal überlegen? … Na, super!«

Als sie uns sieht, dreht sie sich schnell weg und beendet das Gespräch.

»Karla ist weg!«, ruft Anne keuchend.

»Oh nein!« Marie Schütze springt auf. »Seit wann?«

Sophie klärt sie darüber auf, was am Lagerfeuer passiert ist. »Es scheint sie sehr traurig gemacht zu haben, die fröhlichen Mütter zu sehen, weil ihre Familie nie wieder so glücklich sein wird.«

»Ihr geht zurück zum Strand und sucht sie dort. Anne und ich schauen uns im Landschulheim um«, ordnet Marie Schütze an. »In einer Viertelstunde treffen wir uns wieder hier.«

Sophie und ich sprinten den Weg zurück zum Strand und rufen laut Karlas Namen. Keine Reaktion.

Zurück am Treffpunkt, schütteln wir nur den Kopf, woraufhin Marie Schütze an Jans Tür klopft.

»Weg?«, fragt er nur.

Wortlos nicken wir. Unsere Referendarin erzählt ihm, was geschehen ist.

»Oh, Mann, dieses Mädchen. Und ihr habt keine Idee, wo sie stecken könnte?«

Wir schütteln den Kopf.

Seufzend holt Jan sein Handy aus der Tasche und wählt eine Nummer. »Jonas? Wir suchen Karla. Ist sie bei dir? … Nein? Okay, war einen Versuch wert. Gute Nacht.« Jan legt auf. »Bei den Berlinern ist sie auch nicht. Ich fürchte, wir müssen jetzt euren Lehrer informieren.«

Marie Schütze gibt ihm recht, und wir gehen gemeinsam zu Herrn Christens Zimmer. Gleich wird es ein Donnerwetter geben, wenn er erfährt, was sich gestern in seiner Abwesenheit alles abgespielt hat. Der Hubschrauber, der Notarzt – von wegen schwangere Mutter in den Wehen!

»Und Karlas Eltern müssen wir auch informieren«, überlegt Anne.

Wir klopfen an Herrn Christens Tür, aber es tut sich nichts.

»Wo steckt der denn jetzt? Noch am Strand?«, wundert sich Marie Schütze.

»Nein, da waren wir eben. Da ist niemand mehr«, antworte ich. Einen Moment lang hatte ich befürchtet, vielleicht Noah und Jenny beim Mondscheinspaziergang zu treffen.

Noch einmal grasen wir das gesamte Gelände, den Speisesaal, den Hobbyraum und den Spielplatz ab. Herr Christen sitzt aber weder auf der Schaukel noch in der Speisekammer.

»Ich habe so eine Ahnung, wo er sein könnte«, erkläre ich und erinnere mich an den Vorschlag mit dem Pub. »Lasst uns nachsehen, ob sein Fahrrad da ist.«

Unsere kleine Gruppe eilt zu den Fahrradständern, und tatsächlich ist Christens Leihrad weg. Karlas Rad fehlt ebenfalls.

»Ich denke nicht, dass sie zusammen abgehauen sind«, fasst Sophie die Lage zusammen. »Karla hat sich aus dem Staub gemacht. Und Herr Christen …«

»… ist tatsächlich mit unseren Müttern durchgebrannt«, beende ich den Satz. So muss es sein.

»Das reinste Irrenhaus!«, sagt Jan. »So eine verrückte Klasse hatten wir schon lange nicht mehr!«

Im Schein einer kleinen Laterne stehen wir im Halbkreis zusammen und überlegen, was nun zu tun ist.

»Ich fahre die Insel mit dem Auto ab. Weit kann sie nicht gekommen sein. Die Fähre geht heute nicht mehr. Hoffentlich hat sie eine Decke mit. Frau Schütze, versuchen Sie bitte, den Christen ans Telefon zu bekommen.«

»Ich will nur nicht hoffen, dass sie wieder ins Wattenmeer ...«, lässt Marie Schütze den Satz unbeendet.

»Machen Sie sich keine Sorgen«, sagt Jan. Doch man merkt, dass er sich wahnsinnige Sorgen macht.

Marie Schütze hält ihr Handy ans Ohr und schüttelt irritiert den Kopf. »Er geht nicht ran, und die Mailbox auch nicht. Ich schicke ihm jetzt eine SMS.«

Zähneknirschend schlägt Anne vor, ihre Mutter anzurufen, um Herrn Christen zu erreichen.

»Nur der Anrufbeantworter«, sagt sie kurz darauf.

»Sprich drauf, das ist ein Notfall«, bittet Marie Schütze sie.

»Mama, hier ist Anne. Meldest du dich bitte bei mir, sobald du meine Nachricht gehört hast!«

Ich finde, Anne sollte Krisenmanagerin werden. Ihre Stimme klingt ruhig, sachlich und klar. Meine hätte sich vermutlich vor Aufregung überschlagen, und ich hätte die Gunst der Stunde genutzt, meiner Mutter mal ordentlich die Leviten zu lesen.

Da Mama auch nicht zu erreichen ist, male ich mir die verrücktesten Dinge aus, was alles passiert sein könnte.

»Euren Müttern und dem Christen ist bestimmt nichts geschehen«, beruhigt uns Jan. »Wichtig ist, dass wir Karla finden.«

Er steigt ins Auto und startet den Motor.

»Ich melde mich«, ruft er uns aus dem offenen Fenster zu. »Zur Not suche ich die ganze Nacht durch.«

Marie Schütze setzt sich mit uns auf die kleine Bank vor dem Landschulheim.

»Was können wir denn jetzt tun?«, frage ich aufgeregt.

»Ich suche noch einmal den Strand ab und behalte das Wasser im Blick. Wir können nur warten und hoffen, dass Jan sie findet. Bleibt ihr hier sitzen, bis sie wiederkommen.« In dieser Krisensituation hat die Frau, die eigentlich nur als Unterstützung mit dabei ist, die Zügel in der Hand – weil der Mann, der eigentlich das Sagen hat, wie vom Erdboden verschluckt ist. Genau wie Karla.

»Okay, wir warten hier, wir können jetzt sowieso nicht schlafen«, sagt Sophie.

Ein Fenster im Jungstrakt öffnet sich. Ben blickt zu uns rüber. »Was treibt ihr denn noch da?«, fragt er und erinnert mich daran, dass ich eigentlich schrecklichen Liebeskummer habe.

Noah erscheint neben Ben am Fenster und lehnt sich hinaus. Immerhin ist er in seinem Zimmer und nicht in Jennys.

»Psst. Kommt doch mal her«, wispert Sophie.

Keine zwei Minuten später stehen Noah, Ben und Max neben unserer Bank. Ich ignoriere Noah, so gut ich kann. In diesem Augenblick geht es darum, Karla zu finden, und nicht darum, meine Eifersucht auszuleben. Trotzdem muss ich nicht mit Noah reden. Ich kann nur hoffen, dass ihm nicht auffällt, wie rot und geschwollen meine Augen sind. Sonst muss ich mir irgendeine Allergie einfallen lassen.

Ich starre wie gebannt auf mein Handy, um Noah nicht in die Augen zu schauen. Das würde nicht gut enden. Sophie und Anne bringen die Jungs auf den neuesten Stand.

»Das gibt's doch nicht. Sie ist weg? Vorhin am Strand hat sie doch noch neben uns gesessen«, sagt Noah.

Dass dir das überhaupt aufgefallen ist, denke ich. Du hattest doch nur Augen für eine. Für die, die blitzschnell meinen Platz eingenommen hat, als ich nur mal kurz aufgestanden bin, um die Kette … Ach, vergessen wir das.

»Und der Christen ist auch nicht da?«

»Jan hat das überprüft. Er ist wohl mit dem Rad weg. Wahrscheinlich bei unseren Müttern.«

Noah bricht in lautes Gelächter aus. »Zu den Müttern? Ihr meint, unsere Aufsichtsperson hat sich dünngemacht, um die Mamas seiner Schützlinge heimlich zu treffen?«

Max stöhnt auf und rollt die Augen gen Himmel. Vermutlich stellt er sich gerade seine leicht beschwipste Mutter vor, wie sie mit Herrn Christen flirtet. Es hört sich an wie eine Teenagerliebe, aber momentan ist das die plausibelste Erklärung für das Verschwinden unseres Lehrers.

Nach anderthalb Stunden, in denen ich mit Noah kein Wort gewechselt habe, kommt Jan zurück.

»Nichts!« ist das Erste, was er sagt. »Ich habe überall gesucht, ich habe auch den Dorfpolizisten informiert.«

»Waaas?«, rufe ich entsetzt, weil das Wort Polizist nach Ärger und Gefängnis klingt.

»Ich möchte, dass ihr ins Bett geht«, sagt Marie Schütze, die vom Strand zurückgekehrt ist. »Am Meer ist sie auch nicht. Jan und ich halten hier weiter Wache, oder?« Sie schaut den älteren Mann fragend an, der sofort nickt. »Natürlich. Legt euch hin, Kinder. Wir werden sie schon finden.«

Ich falle in einen unruhigen Schlaf. Zu groß ist die Sorge um Karla, zu weh tut der Verrat von Noah, zu sehr nervt die Aktion meiner Mutter, zu unsicher ist der Verbleib unseres Lehrers.

Ich wache auf, weil mich jemand sanft am Arm rüttelt.

»Lu, wach auf. Ich glaube, ich weiß, wo sie sein könnte.«

Noah steht neben mir. Dass die Jungs nicht in den Mädchentrakt dürfen, scheint ihn gar nicht zu stören.

»Was, wer?«, frage ich und freue mich, Noah zu sehen. Bis mir einfällt, dass ich mich nicht darüber freuen darf. »Ist Karla wieder da?«

»Nein. Komm, wir müssen los. Marie Schütze und Jan warten unten auf uns.«

Ich reibe mir die Augen und schaue auf meine Uhr, die ich in der Dunkelheit nicht erkennen kann.

»Wie spät ist es?«

»Viertel vor sechs!«

»So früh?«

»Ja, die Fähre geht gleich. Wir müssen uns beeilen.«

Gähnend klettere ich aus dem Bett, ohne Sophie und die anderen zu wecken. Sie haben schließlich auch nicht viel Schlaf bekommen.

»Wieso Fähre? Warum bist du überhaupt schon wach?«, frage ich matt.

»Die Berliner fahren mit der Fähre nach Hause!«, lautet seine Erklärung.

Nun wird mir klar, warum Noah um diese Zeit schon so fit ist. »Ach sooo«, sage ich gespielt freundlich, »und du wolltest natürlich noch lieb Tschüs sagen, oder?« Die Bemerkung kann ich mir einfach nicht verkneifen.

Noah schaut mich an wie ein Fragezeichen. »Du bist wirklich merkwürdig. Was habe ich dir denn nur getan? Egal. Es geht um Karla, komm jetzt.«

Ich schlüpfe in meine Jeans und renne hinter Noah her. Auf dem Weg erklärt er mir, dass er von seinem Zimmer aus gehört hat, wie die Berliner sich vorhin startklar zum Abmarsch gemacht haben.

Dann hätte er noch mal Jenny gefragt, ob sie was wisse. Bei dem Namen verziehe ich das Gesicht, aber ich halte den Mund.

»Und rate mal, was sie gesagt hat!«, sagt Noah triumphierend.

Ich liebe dich? Komm mit nach Berlin? Lass uns heiraten?

»Karla hat Jenny von der Trennung ihrer Eltern erzählt, und Jenny hat ihr doch tatsächlich geraten, einfach abzuhauen! Damit ihre Eltern endlich mal merken, wie's ihr geht!«

»Was?«, rufe ich entsetzt. »Wie dämlich ist das denn?«

»Sie hat ihr vorgeschlagen, mit nach Berlin zu fahren, weil's da ganz coole WGs gäbe.«

Wir sind inzwischen draußen angekommen. Jan und Marie sitzen startklar im Auto. »Wollt ihr beide mit? Na gut, dann schnell, steigt ein. Wir müssen los«, treibt Jan uns ungewohnt barsch an.

Klar, er steht unter Druck.

»Ist Herr Christen zurück?«, frage ich.

Allgemeines Kopfschütteln.

»Und ihr glaubt wirklich, dass sie die Fähre nehmen will, um mit nach Berlin zu fahren?«, hake ich nach.

»Könnte ich mir irgendwie schon vorstellen«, erwidert Marie Schütze mit belegter Stimme.

»Es ist die erste Fähre, die geht. Wie blöd, dass ich nicht gleich draufgekommen bin!«, ärgert sich Jan. »Hatte sie genug Geld dabei?«

Ich nicke. »Ja, sie hatte 'ne ganze Menge. Sie hat gar nichts ausgegeben, weil sie bisher so deprimiert war. Wir finden Sie bestimmt, Jan. Der Einzige, der sich hier Vorwürfe machen sollte, ist ein gewisser Herr Christen.«

Draußen rauschen schnuckelige Reetdachhäuser vorüber. Jan gibt richtig Gas. Für die Strecke braucht man normalerweise fünfzehn Minuten, aber so viel Zeit haben wir nicht.

»Dabei hatte ich gehofft, dass es ihr allmählich besser geht«, sage ich seufzend.

»Na ja, als wir gestern Abend am Lagerfeuer saßen, war sie ziemlich grummelig«, meint Noah. »Sie fand es blöd, dass ihr die ganze Zeit über eure Mütter gelästert habt. Die kümmern sich wenigstens, meinte sie.«

Ich schnappe nach Luft. Das kann man so oder so sehen.

Es ist kurz nach sechs Uhr, als wir am Fähranleger ankommen und Jan quietschend das Auto zum Stehen bringt. Wir stürzen aus dem Wagen, und Jan stürmt auf einen der Schiffsjungen zu, der gerade das Tau der Fähre löst.

»Stopp, Rasmus, noch nicht ablegen. Ist da ein Mädchen auf der Fähre?«

Der Mann im blauen Norwegerpulli sieht uns fragend an. »Da sind etliche Mädchen drauf. Eine ganze Klasse.«

»Ja, weiß ich!«, korrigiert sich Jan. »Ich meinte, ein bestimmtes. Kannst du mit dem Ablegen warten?«

»Spinnst du?«, erwidert Rasmus und macht unbeirrt weiter.

Jan erklärt ihm kurz die Lage und dass wir unbedingt auf die Fähre müssen.

»Karten gibt's dahinten, die nächste geht in fünfundsiebzig Minuten!«, sagt Rasmus laut, als ein Mann in Uniform an uns vorbeigeht.

Ich stöhne auf. Wieso lässt er uns nicht kurz auf das Schiff? Er kennt Jan doch!

Als der Uniformträger außer Sicht ist, flüstert Rasmus: »Rauf mit euch, ich war's aber nicht!«

In allerletzter Minute gehen wir an Bord.

»Dahinten sind die Berliner!«, ruft Noah.

Es versetzt mir einen Stich, als Jenny jubelnd aufspringt: »Noah, das ist ja total süß. Kommst du mit?«

Ich stehe unschlüssig daneben, als Jenny strahlend angelaufen kommt und Noah um den Hals fällt.

»Ähm«, sagt Jan, der danebensteht.

Noah löst sich aus der Umarmung. »Nein, nein. Wir suchen Karla, habt ihr sie gesehen?«

Jonas Starck sitzt an einem Tisch, umgeben von müden Schülern, die viel zu früh aus den Federn gejagt wurden.

Außerdem sind noch ein paar Leute an Bord, die vermutlich auf dem Festland arbeiten. Wieso sollten sie sonst so früh schon unterwegs sein?

»Habt ihr sie immer noch nicht gefunden?« Der selbstgefällige Lehrer streckt sich. Ich finde, dass er viel zu sehr in sich selbst verliebt ist.

»Eine Schülerin, Karla, hat sich vermutlich auf die Fähre geschlichen, um heimlich mit nach Berlin zu fahren«, erklärt Noah.

»Das wundert mich nicht. Berlin ist ja auch viel cooler als Hamburg!«, ruft ein Junge mit einem schwarzen Basecap.

Ein paar Schüler lachen, weil sie den Ernst der Lage offenbar nicht erkennen.

»Stimmt«, meldet sich Jenny zu Wort. »In Berlin ist nicht so tote Hose wie auf Amrum!«

Allmählich platzt mir der Kragen. Was bildet sich diese arrogante Ziege eigentlich ein? Ich hole tief Luft, um Jenny endlich mal die Meinung zu sagen, doch jemand anderes kommt mir zuvor.

»Jenny, es wäre besser, wenn du mal eine Minute den Mund halten würdest«, sagt Noah. »Du bist nämlich nicht ganz unschuldig an der Situation. Schließlich hast *du* Karla geraten, einfach abzuhauen.«

»Wie? Behauptest du jetzt etwa, dass es meine Schuld ist, dass eure Psychotante verschwunden ist?« Jenny kneift die mit schwarzem Kajal umrandeten Augen zusammen.

Noah verschränkt die Arme vor der Brust. »Sie heißt Karla. Ja, sie hat Probleme, aber wir möchten ihr gern helfen. Wenn du nicht mitmachen willst, dann hör wenigstens auf, über sie zu lästern!«

Beleidigt verzieht Jenny das Gesicht, aber wenigstens spart sie sich einen Kommentar.

»Hey«, ergreift Jan wieder das Wort, »wir müssen schnellstens Karla finden! Schaut bitte auf dem Deck nach, im Passagierraum oder auf den Toiletten!«

Die Berliner Truppe beginnt zu tuscheln, aber es rührt sich keiner.

Jonas Starck klatscht in die Hände. »Los, Leute, ihr habt gehört, was Jan gesagt hat. Seht zu, dass ihr Karla findet.« Nachdem sich alle hochgerappelt haben, lehnt er sich wieder zurück und schlürft genüsslich seinen Kaffee.

Marie Schütze wirft uns nur einen Blick zu und rollt mit den Augen.

Noah und ich schauen im Passagierraum nach, Jan nimmt sich das Autodeck vor. Da darf er nur hin, weil er natürlich wieder irgendjemanden auf dem Schiff kennt. Connections sind immer gut, notiere ich im Hinterkopf.

Ich haste zu den Toiletten und rufe: »Karla, bist du hier?«

Ein Schniefen als Antwort reicht mir. Eine Tür ist abgeschlossen. Ich rüttele daran. »Bist du da drin? Karla, mach bitte auf.«

»Lu?«, höre ich eine zaghafte, tränenerstickte Stimme.

Erleichtert antworte ich: »Ja, wir sind da, Karla.«

Quietschend öffnet sich die Tür, und am Boden hockt eine Karla, die nur noch ein Schatten ihrer selbst ist. Sie sieht noch magerer, unglücklicher, müder und deprimierter aus als vor zwei Tagen, als sie vom Hubschrauber gerettet wurde. Ich setze mich zu ihr auf den Fußboden und nehme sie in den Arm.

Plötzlich steht Marie Schütze in der Tür und atmet erleichtert auf. »Karla, da bist du ja. Gott sei Dank!«

Marie ruft Jan, der in die Damentoilette kommt und Karla nach oben trägt. Die Berliner machen auf einer Bank Platz, damit sie sich hinlegen kann.

»Wo warst du denn die ganze Nacht?«, fragt Marie Schütze besorgt.

»Am Strand«, gibt Karla zurück. »Ich hatte mir ein paar Handtücher zum Zudecken mitgenommen. Ich habe auch gehört, dass ihr nach mir gesucht habt, aber ich wollte nicht zurück in die Jugendherberge.« Ihre tiefdunklen Augenringe lassen vermuten, dass sie nicht viel Schlaf bekommen hat.

»Hier, nimm meine Jacke!« Ich lege sie Karla über. »Wir haben uns solche Sorgen um dich gemacht!«

»Erst der Hubschrauber, dann die Fähre! Fahrradfahren ist dir wohl zu langweilig!«, neckt Noah sie liebevoll.

Karla lächelt. Immerhin.

20

»ÄH, HALLO, ich wollte mal fragen, wie es dir geht?« Jenny ist in unserer Ecke aufgetaucht und klingt ungewohnt kleinlaut.

Karla wischt sich über die Augen. Jenny soll wohl nicht sehen, dass sie geweint hat. »Schon okay«, sagt sie. »Ich hab mich da wohl in was reingesteigert.«

Na, das klingt doch schon wieder ganz wach und rege!

»Kommst du denn wieder mit uns zurück?«, fragt Marie Schütze. »Oder willst du doch bis nach Berlin trampen?« Sie lacht, aber es klingt unnatürlich. Natürlich hofft unsere Referendarin, dass Karla keine weiteren Reisen mehr plant.

»Nein, ich komme mit.«

»Da bin ich sehr erleichtert, Karla. Und deine Klassenkameraden sind es auch. Wir hätten dich alle sehr vermisst, wenn du weggefahren wärst.«

»Echt?« Ein verlegenes Lächeln huscht über Karlas Gesicht.

»Na klar!«, erwidere ich.

»Wenn wir wieder im Landschulheim sind, bekommst du

dein Handy zurück, Karla«, erklärt Marie Schütze. »Und ich gebe dir meine Nummer. Du kannst mich jederzeit anrufen, wenn es dir nicht gut geht.«

»Danke«, murmelt Karla. Sie wirkt ganz gerührt.

»Wie kommen wir denn jetzt zurück?«, fragt Noah.

»Gute Frage.« Jan nickt nachdenklich. »In einer dreiviertel Stunde sind wir in Dagebüll. Die nächste Fähre nach Amrum geht erst in zwei Stunden. Bis dahin sind alle alarmiert. Dann ist vielleicht sogar euer Lehrer wiederaufgetaucht.«

»Ist der weg?«, fragt Karla erstaunt.

»Ja!«, erklärt Noah. »Wir dachten sogar schon, ihr wärt zusammen durchgebrannt.«

»Waaaaas?« Zum ersten Mal regt sich wieder so etwas wie Leben in Karlas Körper. Sie wird rot und wütend. »Nieeemals. Ich glaube ja wohl, ihr habt sie …«

»Ist ja gut, ist ja gut«, sagt Noah lachend. »War ein Witz!«

Jan überlegt unterdessen, wie wir auf dem schnellsten Weg zurück auf die Insel gelangen.

»Du kennst doch bestimmt jemanden in Dagebüll, der uns helfen könnte, oder?«, frage ich hoffnungsvoll.

»Und ob!«, entgegnet Jan, der vermutlich auch in Australien einen guten Freund hätte, der uns vom Ayers Rock mit dem Hubschrauber abholen könnte.

»Ich ruf mal meinen Kumpel Torben an. Der schuldet mir noch einen Gefallen. Er kann uns sicher mit dem Motorboot zurückfahren.«

Um Punkt 9 Uhr 15 erreichen wir die Auffahrt des Schullandheims.

Frau Krulle läuft uns als Erstes über den Weg.

»Na, wo wart ihr denn?«, fragt sie misstrauisch.

»Brötchen holen!«, erklärt Jan so bestimmt, dass ich es ihm sofort abgenommen hätte.

»Aha. Euch schmeckt wohl mein Graubrot nicht mehr«, bemerkt sie spitz.

Wir entern den Frühstückssaal, in dem sich unsere Klasse tummelt. »Wo wart ihr denn?«, will Sophie wissen, die erleichtert feststellt, dass Karla bei uns ist.

»Brötchen holen!«, sage ich und finde, dass ich eine gute Schauspielerin abgeben würde. Noah grinst. Dass wir überhaupt keine Brötchen mitgebracht haben, scheint keinem aufzufallen.

»Weiß eigentlich meine Mutter Bescheid?«, fragt Karla.

»Nein, wir haben sie nicht angerufen, weil Herr Christen nicht da war. Allerdings hat Anne eine Nachricht bei ihrer Mutter auf dem Anrufbeantworter hinterlassen.«

In dem Moment stößt Herr Christen zu uns und setzt sich ans Kopfende des Tischs. Gähnend schenkt er sich eine Tasse Pfefferminztee ein.

»Wo waren Sie denn?«, fragt Noah.

Möchte ich eigentlich wissen, wo unser Lehrer war? Ich überlege kurz und entscheide, dass ich das auf gar keinen Fall erfahren möchte. Niemals.

Herr Christen blickt mit müden Augen zu Noah. »Brötchen holen, wieso?«

21

CHILLEN, RELAXEN, Nichtstun. Herr Christen hat angekündigt, heute mal einen ruhigen Tag einlegen zu wollen. Über die vergangene Nacht hat er kein Wort mehr verloren. Nun liegt er mit halb geschlossenen Augen auf seinem Handtuch, das *Hamburger Abendblatt* als Sonnenschutz über der Stirn, die Trekkinghose bis zu den Knien hochgekrempelt.

Marie Schütze sitzt im braunen Badeanzug auf ihrer Strohmatte und telefoniert. »Du willst dir die Wohnung doch anschauen? … Das … das wäre wunderbar … ICH LIEBE DICH AUCH!« Sie legt auf und strahlt bis über beide Ohren. So glücklich habe ich sie während des ganzen Referendariats nicht gesehen.

»Na, alles gut bei Ihnen, Frau Schütze?«, fragt Herr Christen und faltet die Zeitung zusammen.

»Wir ziehen endlich zusammen!!!«, jubelt Marie, und ihre Stimme überschlägt sich vor Freude. »Ich hatte schon befürchtet, Piet bleibt bis zur Rente in seiner Männer-WG.«

Plötzlich hellt sich auch Herrn Christens Gesicht auf. Ich

folge seinem Blick und stöhne auf. Die Mütter-Combo ist mal wieder im Anmarsch.

»Ach, so ein Glück, dass wir euch hier treffen«, sagt meine Mutter, deren Outfit ich nicht beschreiben möchte, weil niemand mir glauben würde, dass es für erwachsene Frauen weiße Overalls mit Blümchenapplikationen zu kaufen gibt.

Mit *euch* meinen sie wohl eher IHN, also Herrn Christen. Bestimmt duzen sie sich schon. Unser Lehrer schnellt in die Höhe und schiebt unauffällig seine Hosenbeine nach unten, um die sonnenverbrannten Beine zu bedecken. Nein, wir fragen uns nicht, ob die Mütterschar schon seine entblößten Beine zu Gesicht bekommen hat.

»Anne, du hast mir so eine komische Nachricht auf dem Handy hinterlassen, deswegen sind wir hier«, lügt ihre Mutter ihr dreist ins Gesicht.

»Ja, stimmt. Ich sag dir, was ich wollte. Ist aber persönlich, komm, wir gehen mal Richtung Meer.« Anne steht auf. »Kommst du mit, Lu?«

»Stimmt was nicht, Mäuschen?«, fragt meine Mutter und folgt uns mit besorgter Miene.

In sicherer Entfernung zur Klasse stellt Anne ihre Mutter zur Rede. »Was soll das eigentlich? Ihr macht uns zum Gespött der ganzen Klasse! Ihr verfolgt uns. Das ist total peinlich.«

»Ach nöööö, so schlimm ist es doch nicht«, findet Frau Freese.

»Doch, ist es!«, erwidert Anne. »Wir wollen hier unsere Ruhe haben. Akzeptiert das.«

»Was ist denn nur los, Schätzchen?«, fragt meine Mutter. »Hast du dich mit Noah gestritten?«

»Nein, Mama, habe ich nicht. Aber möchtest du dich vielleicht mit Papa streiten?«

Meine Mutter schaut mich stirnrunzelnd an. »Nein, wieso?«

»Wenn ihr nicht endlich wegbleibt von unserer Klasse«, beginne ich, »erzähle ich Papa, dass ihr euch jeden Abend mit Herrn Christen vergnügt!«

Der Lacher meiner Mutter ist höher als das hohe C und klingt sehr gequält. »Also, hör mal, Lu, das ist ja total lächerlich.«

»Wiiirklich, so was, also nein«, stimmt Annes Mutter mit ein. »Aber gut, wir tun euch den Gefallen!« Sie blickt fragend zu meiner Mutter.

Die nickt sofort. Das werte ich als Schuldeingeständnis. Ich überlege nicht weiter, was das bedeutet. Wie gesagt, die Annäherungsversuche zwischen meiner Mutter und Herrn Christen möchte ich mir nicht einmal im Entferntesten vorstellen.

In diesem Moment piepst das Handy meiner Mutter. Sie liest kurz die Nachricht, stöhnt auf und schüttelt den Kopf. »Also wirklich, das gibt's ja wohl nicht«, entfährt es ihr.

»Was ist denn?«, frage ich. »Von wem war denn die SMS?«

»Von Papa!«, sagt Mama und will das Handy schnell wegstecken.

»Zeig mal her!« Ich schnappe es mir und öffne den WhatsApp-Ordner.

Mein lieber Schatz, da du dringend Erholung brauchst, habe ich für dich in den Sommerferien eine Kur beantragt. Eine Woche Senioren-Yoga in Bad Bertrich, das ist ein kleiner, sehr ruhiger Kurort in der Eifel. Lu und ich fliegen in der Zeit nach Mallorca.
Viele liebe Grüße
Dein Andreas

Ich kann mir ein Grinsen kaum verkneifen.

Später spielen wir Volleyball am Strand. Dabei stolpert Ben beinahe über einen Rauhaardackel, den ein grauhaariges Rentnerehepaar spazieren führt. Irgendwo meine ich die zwei schon mal gesehen zu haben. Aber die sehen ja eh alle gleich aus.

Noah und ich sind im selben Team, ich habe ihn gewählt. Yes! Ich glaube, ich habe alles richtig gemacht.

»Und ich dachte schon, du magst mich nicht«, sagt er, als wir eine kleine Pause am Spielfeldrand einlegen.

»Wie bitte?«, frage ich erstaunt.

»Na ja, du warst immer so kühl, da dachte ich, du hättest was gegen mich.«

»Aber DU hast doch kaum mit mir gesprochen«, gebe ich zurück.

»Na ja, ich bin nicht so der Draufgänger«, sagt er und erklärt damit so gut wie alles.

Herr Christen bekommt ein paarmal den Ball an den Kopf,

weil er nicht ganz bei der Sache ist. Immer wieder schweift sein Blick in die Ferne, zum nächsten Strandabschnitt. Wenn man die Augen zusammenkneift, kann man dort drei Frauen ausmachen, die sich auf ihren Handtüchern sonnen. Ab und zu schielen sie in unsere Richtung, verhalten sich aber sonst angenehm unauffällig.

Als wir gegen Abend zurück zum Landschulheim laufen, klingelt Karlas Handy.

»Hallo, Papa!«, ruft sie sehr aufgeregt in ihr Telefon. Sie strahlt, und ihr bisher so fahler Teint wirkt auf einmal ganz frisch. Was so ein Anruf und ein bisschen Sonne doch bewirken können!

»Mir geht's gut! Wirklich.« Dann sagt Karla lange nichts, sondern lauscht nur der Stimme am anderen Ende der Leitung. »Nein, nein«, meint sie irgendwann. »Du brauchst dir keine Sorgen um mich zu machen. Hier kümmern sich alle ganz lieb um mich. Vor allem meine drei besten Freundinnen Sophie, Anne und Lu!«

22

TOCK-TOCK! Träume ich?

Leise stehe ich auf und schleiche zur Tür. Ein Blick auf die Uhr sagt mir, dass es gerade mal 5 Uhr morgens ist.

Ich öffne die Tür einen Spalt und mache einen Schatten aus.

»Hey, du Schlafmütze, wie lange muss man denn hier klopfen?«, flüstert Noah. »Kommst du noch mit?«

»Wohin denn?« Mein Herz schlägt so laut, dass ich befürchte, die Krulle im Erdgeschoss könnte davon aufwachen.

»Lass dich überraschen!« Mehr sagt Noah nicht.

Ich sehe, dass er eine Decke bei sich trägt. Ob er mit mir den gleichen Ausflug plant, den er schon mit Jenny gemacht hat?

»Ich habe nur einen Schlafanzug an!«, stelle ich fest. Normalerweise wäre ich in so einer Situation knallrot geworden und hätte überlegt, was der Junge wohl denken mag, wie er mein Nachthemd findet, ob er der Meinung ist, ich sehe blöd darin aus, und ob die Farbe überhaupt zu meinen Haaren passt.

Noah sagt lediglich: »Oh, das habe ich gar nicht gesehen.«

Ach so. Ob man sich als Mädchen vielleicht doch gar nicht so viele Gedanken machen sollte, was Jungs denken, weil sie über diese Dinge meist gar nicht nachdenken? Weil sie nicht halb so kompliziert sind wie Mädchen?

Ich beschließe zweierlei. Erstens: mir in Zukunft nur noch halb so viele Gedanken zu machen. Und zweitens: mir trotzdem noch schnell eine Jeans überzuziehen.

Ohne Anne, Sophie und Karla zu wecken, schlüpfe ich in meine Hose und angele ein paar Turnschuhe unter dem Bett hervor.

Noah legt den Zeigefinger auf seinen Mund und zieht mich hinter sich her. Wir schleichen durch das dunkle Gebäude und huschen die riesige Treppe hinunter. Als wir an der Wohnung der Krulle vorbeikommen, knarzen die Dielen unter meinen Füßen. Erschrocken halte ich den Atem an, aber auch nach einer gefühlten Ewigkeit regt sich nichts. Bestimmt liegt Frau Krulle noch mit Schlafmütze in ihrem Alkoven und schnarcht wie ein Waldschrat.

»Wohin?«, frage ich noch einmal und flüstere so leise, dass ich mich selber kaum verstehe.

Statt zu antworten, winkt Noah mir, ihm zu folgen. Er drückt die Klinke der Tür zum Speisesaal hinunter; und wir schlüpfen schnell hinein. Ganz schön unheimlich. Tagsüber summt es hier wie in einem Bienenkorb, jetzt ist es so still wie auf einem Friedhof.

Noah geht zielsicher zur Speisekammer. Erstaunt betrachte ich die XXL-Packungen an Mehl, Zucker, Tee und Schwarzbrot in den Regalen. Wie für eine Großfamilie. Na ja, das sind wir ja auch irgendwie. Obwohl ich genau in diesem Moment unendlich froh bin, dass ich nur mit einer einzigen Person dieser Großfamilie unterwegs bin.

Noah hat den besten und unauffälligsten Platz im ganzen Landschulheim gefunden, um heimlich aus dem Fenster zu steigen.

Er gibt mir ein Zeichen, stehen zu bleiben, dann klettert er auf die Arbeitsplatte, öffnet einen Riegel am Fenster und zieht es auf. Ich folge ihm und sehe durch das Fenster in den Garten, der direkt unter uns liegt. Auf der Rückseite des Hauses erstreckt sich die für Amrum so typische Heidelandschaft. Wir sehen uns an, nicken und springen nacheinander aus dem Fenster. Ein paar Erikapflanzen federn unseren Sprung ab.

Danach drücken wir uns durch ein Gebüsch auf den Weg. Noah läuft los, ich hinter ihm her. Erst laufen wir langsam, doch je weiter wir uns vom Gebäude entfernen, umso schneller werden wir, bis wir am Strand ankommen. Dort werfen wir uns in den immer noch angenehm warmen Sand. Dann platzt es aus uns heraus. Wir lachen und lachen, bis wir keine Luft mehr bekommen.

»Es weiß niemand, dass wir hier sind, oder?«

Noah schüttelt den Kopf.

Ich strecke Arme und Beine lang aus und blicke in den Himmel. Das ist das größte Abenteuer, das ich je erlebt habe. Bestimmt werden jetzt ein paar besserwisserische Erwachsene bemerken, dass ich hoffentlich noch viel größere Abenteuer erleben werde, aber ich möchte in diesem Moment gar kein anderes erleben.

Noah steht auf und breitet die Decke für uns aus.

»Du hast an alles gedacht«, lobe ich ihn.

»Allzeit bereit!«, sagt er grinsend, und ich lache nervös.

Auf einmal ist alles ganz anders, keine Spielchen mehr. Wir legen uns nebeneinander auf die Decke, und ich folge Noahs Finger, der zum Himmel zeigt. »Ein paar Wolken sind schon noch da. Guck mal, die da sieht aus wie ein Fahrrad, findest du nicht?«

Ich erkenne ehrlich gesagt kein Fahrrad, nicke aber eifrig. Ich hätte auch behauptet, die Wolke würde wie ein Fußballfeld samt Schiedsrichter aussehen. Neben der Wolke, die Noah meint, sucht sich eine ihren Weg, die meiner Meinung nach wie ein Herz aussieht. Ist es zu plump, wenn ich das behaupte? Ich bin zwar wahnsinnig glücklich, hier zu liegen, kann das alles aber nicht richtig einschätzen. Sind Noah und ich jetzt zusammen? Ist man ein Paar, nur weil man gemeinsam Wolken deutet? Ginge es da nicht einen Schritt zu weit, gleich mit der kitschigen Herznummer um die Ecke zu kommen? Nach all dem, was mit Jenny war. Auch wenn er sie zusammengefaltet hat. Desinteressiert war er zu Beginn gewiss nicht.

Ich beschließe, es vorsichtig anzugehen.

»Wie, findest du, sieht die da aus?«, frage ich, deute auf die Herzwolke und rücke unauffällig ein Stückchen näher an meinen Lieblingsjungen heran.

»Welche?«, fragt Noah. »Die da?« Er zeigt auf die Wolke, die immer mehr wie ein Herz aussieht.

»Hm, lass mal überlegen«, spannt er mich auf die Folter. »Ein bisschen wie ein Wort mit vier Buchstaben, oder?« Er schaut mich kurz an. Oh ja, er findet es auch.

»Ja, genau. Vier Buchstaben«, plappere ich dümmlich nach, und alle Jennys dieser Welt sind vergessen.

»Sie sieht aus wie ein Brot«, meint er und stupst mich in die Seite. »Wie Frau Krulles Graubrot.«

Ich lache in mich hinein. Über mich selber. Mädchen und ihre schnulzigen Liebesgedanken. Noah denkt da eher an handfeste Dinge wie Nahrungsmittel. Auch nicht schlecht. Sollten wir eines Tages auf einer einsamen Insel stranden, bräuchten wir schließlich auch etwas zu essen und könnten nicht nur von Luft und Liebe leben.

»Wie findest du es hier?«

Wir blicken weiter nach oben, es ist aber, als würde er mir direkt in die Augen schauen. So nah. Und gut.

»Herrlich!«, sage ich, weil ich es exakt in diesem Moment genau so empfinde.

»Früher waren wir oft an der Nordsee, als meine Eltern noch zusammen waren. Es war wirklich schön. Mein Vater hat mit mir die größten Sandburgen gebaut, und ich dachte immer, alles sei klasse und keiner könne uns trennen. Aber so richtig zusammengepasst haben meine Eltern irgendwie nie.«

»Nein?«, hake ich vorsichtig nach, weil ich den Augenblick nicht kaputt machen möchte. Ich freue mich über den

Vertrauensbeweis, darüber, dass Noah mir so etwas Persönliches von seinen Eltern erzählt.

»Nein. Sie haben zwar den Alltag gut zusammen gemeistert und mochten sich bestimmt auch. Aber sie haben nie so richtig aus vollem Herzen zusammen gelacht.«

Ich überlege, ob meine Eltern viel Spaß zusammen haben, verfolge den Gedanken aber nicht weiter, weil Noah etwas Entscheidendes sagt, was mich im Dunkeln strahlen lässt.

»Also, ich meine, so gemeinsam gelacht, wie wir es zum Beispiel tun.«

»Hast du auch so gelitten wie Karla?«, frage ich.

»Ja, ich hab's zwar nicht so gezeigt wie Karla, aber mir ging's echt schlecht damals«, erklärt er. »Aber nach Berlin wollte ich nie abhauen.«

Ich lächele und streiche ihm sanft über die Schulter.

»Ach, ist das schön!«, murmelt Noah. »Aber irgendwie fehlt jemand.«

»Wer denn?«, frage ich alarmiert und ziehe meine Hand zurück. Nicht dass er jetzt doch noch Jenny vermisst.

»Deine Mutter«, sagt Noah ernst, um dann in schallendes Gelächter auszubrechen.

Ich bewerfe ihn mit Sand und falle stöhnend nach hinten zurück.

»Was eure Mütter wohl gerade machen?«, überlegt Noah grinsend. »Und der Christen?«

Um Gottes willen! Das will ich mir lieber nicht vorstellen. Vielleicht hockt Herr Christen nur ein paar Strandkörbe weiter mit den Müttern? Mit meiner Mutter?!

Nein. Halt. Stopp! Erdbeermarmelade. Erdbeermarmelade. Das habe ich als Kind immer ganz schnell hintereinander laut wiederholt, wenn ich etwas Schlimmes nicht hören wollte. Außerdem hat mein Vater meiner Mutter mit der langweiligen Kur eine gute Lektion erteilt.

»Pst, schau mal zum Meer. Gleich ist es so weit«, sagt Noah.

Er zaubert eine Flasche aus seiner Jacke hervor. Zitronenfassbrause. »Willst du einen Schluck?« Noah hält mir die Flasche hin.

In dem Moment beginnt das Wasser zu leuchten, dort, wo sich der Himmel und das Meer küssen. Nach und nach klettert ein roter Feuerball ins unser Blickfeld. Er wird immer größer und immer runder. Es ist so romantisch. Ein Sonnenaufgang am Strand – und neben mir sitzt der Junge, den ich am allermeisten schätze auf der Welt. Wenn ich mir einen Menschen aussuchen dürfte unter den rund sieben Milliarden, die es auf dem Globus gibt, wäre es genau dieser hier. Okay, ich kenne ja nicht alle sieben Milliarden, aber das muss ich auch gar nicht, denn ich kenne den einzig Wichtigen. Fehlt nur noch, dass er mich umarmt oder gar küsst. Oh nein, das wäre viel zu kitschig.

»Lu, du bist echt toll. Ich meine, wer sonst würde so eiskalt und herzenswarm eine Freundin retten, ohne sie zu verraten.«

»Oh!«, sage ich. Ich glaube, das ist das Netteste, was jemals jemand zu mir gesagt hat.

»Und ich finde, dass du ein verdammt guter Floßbauer

bist«, gebe ich zurück und merke, dass das ein nicht wirklich charakterstarkes Kompliment ist.

»Äh, also, ich meine, du bist auch …«, beginne ich.

»Du magst mich also nur wegen meiner Muckis?«, fragt Noah gespielt entrüstet und klopft sich vor Lachen auf die Schenkel.

»Genau!«, bestätige ich ihm grinsend. »Nur wegen der Muckis.«

Noah kramt in seiner Hosentasche und bittet mich, die Augen zu schließen. »Ich würde dir gerne etwas schenken.«

Gib schon her, denke ich. Möglichst bevor mein Herz zerspringt, das Pirouetten dreht und Flickflack macht.

»Hier, guck!«

Noah hat mir etwas in die Hand gelegt. Ich öffne die Augen und sehe die Bernsteinkette. Die Gravur kann ich noch nicht erkennen.

»Warte, ich habe auch eine für dich.« In meiner Hosentasche lagert noch die Kette, die ich ihm eigentlich schon am Lagerfeuer geben wollte.

»Ich dachte mir, ich graviere was Passendes ein, damit wir den Urlaub hier nie vergessen«, erzähle ich ihm. »Hoffentlich denkst du nicht, ach Gott, wie kommt sie denn jetzt darauf, das ist ja total blöd, und was soll das …«

»Lu!« Noah unterbricht mich abrupt. »Gib sie mir einfach und erklär nicht so viel dazu. Lass das einfach.«

Ich gebe sie ihm.

»Komm, wir schauen gleichzeitig, was wir jeweils eingraviert haben.«

Und während wir die Inschrift auf dem Bernstein suchen, denke ich, dass »Rüm hart« wirklich auf mich zutrifft. Mein Herz ist sehr, sehr weit. Weit offen für den Jungen neben mir. Die anderen 6 Milliarden 999 Millionen 999 999 sind mir total egal.

»*Juratė!*«, liest Noah vor, was auf seinem Stein steht. »Oh, wie schön! Das Mädchen, dessen Tränen nach dem Tod des Fischerjungen zu Bernstein wurden! Stimmt's?«

Ich nicke. »Sehr gut aufgepasst. Setzen, Eins«, lobe ich und schmiege mich enger an ihn.

»Tolle Idee«, findet er und hängt sich die Kette um den Hals.

Ich musste nicht lange überlegen, als ich um die Gravur gebeten hatte. Ich hatte in dem Moment gehofft, dass ich sie eines Tages Noah würde schenken können und dass er sofort verstehen würde, was der Name bedeutet. Andere würden »Ich liebe dich«, »Schnuckelchen« oder »Für immer« eingravieren lassen, aber das wäre mir zu gewöhnlich gewesen. Ich wage kaum nachzuschauen, was Noah sich ausgedacht hat.

Langsam fixiere ich meinen Bernstein. Ich atme tief durch und grinse zutiefst zufrieden und glücklich, als ich die Inschrift lese: »*Kastytis.*«

Pink